KB040821

사막으로 간 꽃밭 여행자

사막으로 간 꽃밭 여행자

소강석 시집

샘터

| 들어가는 글 |

꽃을 피우는 건 춤추는 나비가 아닐까. 그래서 나는 꽃을 피우기 위해서 춤을 추었을 뿐만 아니라 꽃향기를 따라 여행하였다. 그러다 문득 내가 서 있는 곳이 사막이라는 것을 알게 되었다. 사막으로 간 꽃밭 여행자의 사랑과 그리움, 그것이 나의 시이다. 다른 나비들이 볼 때는 어리석고 길을 잃은 것처럼 보일지도 모른다. 그러나 나는 사막에 꽃을 피우는 꿈을 꾸며 여행하였다. 그리고 다시 꽃밭으로 갈 것이다.

물론 나는 직업시인이나 전문시인은 아니다. 오히려 사람들 앞에서 말을 외치는 데 더 많은 시간을 쓰는 목회자다. 그러나 때때로 시적 영감이 떠오를 때마다 기록을 남기듯 시를 썼다. 주로 이동하는 자동차, 열차, 비행기 안에서 틈틈이 시를 썼다.

나는 앞으로도 시인으로서 사막으로 간 꽃밭 여행자가 될 것이다. 아침이슬에 젖고 비와 눈, 그리고 햇빛을 맞으며 피어나는 이 세상의 모든 꽃들을 아끼고 사랑할 것이다. 그 사랑의 시선과 뜨거운 마음으로, 아니, 꽃들 사이를 거니는 두 발과 떨어진 꽃잎을 줍는 두 팔로 시를 쓰고 또 쓸 것이다.

나의 시가 지치고 힘들어하는 사람의 가슴에 바쳐지는

꽃 한 송이가 되었으면 좋겠다. 삶의 외로움과 고뇌로 인하여 밤새 잠 못 드는 이의 불 꺼진 창가를 비추는 달빛이 되었으면 좋겠다. 인생이란 사막을 걸어가는 나그네의 목마름을 채워주는 샘물이 되었으면 좋겠다. 겨울나무도 봄을 기다리고 있다. 저 먼 어딘가, 우리의 봄도 다가오고 있지 않을까.

《사막으로 간 꽃밭 여행자》라는 시집을 사랑하는 모든 사람들에게 바친다. 추천사를 기꺼이 써주신 정호승 시인께 진심으로 감사드린다. 평범한 시인인 나에게 그는 대기권 밖에 있는 존재와 같은 분이다. 또한 해설을 해주신

유승우 교수님께도 감사드린다. 교수님은 내 첫 시집《어젯밤 꿈을 꾸었습니다》를 해설해주신 분이다. 뿐만 아니라 시집을 출판해주신 샘터사에도 감사드린다. 세상에 많은 출판사들이 있지만, 긴 세월 마르지 않는 샘처럼 우리의 영혼과 정신을 맑은 샘물로 채워주는 샘터에 감사한다. 시집을 읽는 모든 이들이 시와 함께 인생의 사막을 건너는 꽃밭 여행자가 될 수 있기를….

2019년 4월

소강석(새에덴교회 담임목사, 시인)

| 차 례 |

2장 꽃밭 여행자

3장 원시림 연가

4장 바람의 언어

1장

그리움, 상처

달빛 서시(序詩)

차마 고백하지 못한 사랑이 시라면

밤새 뒤척이는 달빛 그리움도 시라면

봄밤, 홀로 잠드는 우물가의 찔레꽃이여

소금처럼 하얗게 밀려오는 해변의 파도여

이 밤도 내 가슴을 푸르게 멍들게 하나요

만날 순 없지만 한 하늘 아래 함께 있어

빈 가슴을 저리게 하는 그리움이여

아, 달빛 그리움이 눈물이 되고

눈물이 녹아서 시가 될 때

우리 시가 되면 만나요

사랑의 시가 되어 만나요.

청연(淸緣)

밤새 잠 못 들며 그리움에 뒤척이다
홀로 일어나 걷는 새벽바다
발끝을 적시는 하얀 파도의 포말은
모래 해변에 써놓은 너의 이름을 지우고
나의 그리움은 푸른 청연*이 되어
파도에 쓸려 멀리 멀리 사라져가리

새벽녘 밀물처럼 밀려오는 그리움을
석양 물드는 어느 해변에서
한 마디 작별 인사도 없이
썰물처럼 떠나보내야 하겠지만
저 먼 바다의 해류를 돌고 또 돌아
언젠가는 다시 찾아올 푸른 그리움이여

잊으려 할수록 더 목마름이 되어

나를 온통 덮어버리는 당신

아무리 떨쳐버리려 해도 끈질긴 인연의 끈으로

마음까지 동여매는 그대

아, 그대와 나의 푸른 청연이여.

---

* 맑고 숭고한 인연과 관계.

꽃잎과 바람

꽃잎은
바람에 흔들려도
바람을 사랑합니다

꽃잎은
찢기고 허리가 구부러져도
바람을 사랑합니다

누구도 손 내밀지 않고
아무도 다가오지 않은 적막의 시간

바람은
꽃잎을 찾아왔습니다
별들의 이야기를 속삭이고

나뭇잎 노래를 들려주고
애틋이 어루만져 주었습니다

밤이 깊어도
아침이 밝아도
꽃잎이 모두 져버려도

꽃잎은
바람을 사랑합니다
그래서 바람이 불면 꽃잎이 떨어집니다.

첫사랑

이름 석 자만 기억할 뿐
이제 너의 얼굴도 아련해간다
아내에게도 말하지 못했던
너를 향한 첫사랑

네가 준 솜사탕의 달콤함도
작은 가슴 벅차기에
오히려 아픔이었지만
처음으로 이브를 알게 했던 너

지금은 어디쯤
하얀 목련처럼 피어 있는지
이루지도 못할 사랑
왜 그다지 설레이고

서글프게 헤어질 걸

왜 그리도 집착했던지

애틋한 풋내기 사랑만 남긴 채

세월은 그렇게 가고

흑백사진 속의 추억으로만 남았구나

이젠 그림자 진 잔주름 생기는 중년이 되었겠지

가보지 않은 길이기에

더 아름다운 것 같아

너를 그토록 사랑했던 나

난 지금

소년의 눈동자로 너를 바라본다

구원의 도를 가르치는 성직자가 되어.

물꽃

파도는 하얀 물꽃을

백합화처럼 남기고 떠났어요

눈물 많은 밤별들이 절벽 끝에 서서

하얀 꽃잎 날리며 그리움으로 애태우고 있어요

그대가 찾아오면 반가워서 울고

떠나면 서러워서 울어요

눈물이 파도치고

슬픈 이야기가 서려 있어도 좋으니

다시 하얀 백합화로 다가와주세요

아, 가만히 있어도 가슴을 파도치게 하는 이여

파도 같은 사랑을 기다리는 나의 아픈 가슴이여.

소녀의 무덤

그렇게 빨리 오지 않을 먼 길 떠나려고
봄 길 연분홍 진달래처럼 예뻤느냐

네 아픈 몸에 손을 얹고
뜨거운 숨결로 애처롭게 기도했지만
골수암은 더 깊어만 가고

그럴수록 아빠보다 나이 많은 이를
영혼의 연인으로 기다렸던
이른 봄에 시든 가련한 꽃

너의 꽃잎 한 줌의 재가 되어서야
부끄러운 내 품에 너를 안았지
소나무 아래 잠들게 한 이가

지금 네게 와 서 있노니

소녀야 지금은 눈 덮인 적막한 겨울이지만

네가 잠들어 있는 곳에

곧 화사한 진달래가 피어날 거야

그 꽃 향 내음을 맡고

따뜻한 어느 봄날

사슴 같은 소년도 말없이 찾아올 테고.

눈 내리는 날의 아버지

아버지를 생각하는 나의 유년의 뜰엔
항상 함박눈이 내리고 있습니다
어린 시절 술만 드시면 포악해지는 아버지
어머니를 향한 무서운 호통 소리가
어린 가슴을 조여들게 하였지만
어머니를 지켜주고 싶었지요
아버지의 손을 잡고 별 아양을 다 떨어도
내심으론 아버지를 증오하였습니다
그토록 증오하면서도 어머니를 위해
밤새 아버지 옆에서 거친 손을 잡고 잠들어야 했던
어리고 슬픈 소년
그러다가 함박눈이 내리던 새벽녘
소년의 몸이 불덩이가 되었을 때
아버지는 아들을 등에 업고

눈길을 단숨에 달려

이웃 마을의 간이 약방에 도착해서야

아들을 내려놓고 급한 숨을 몰아 쉬셨지요

소년은 지금 그 아버지의 나이를 지내면서

눈 내리는 날의 아버지와 시선을 마주합니다

허리가 휘도록 키우고

애끓는 심정으로 뒷바라지를 해주어도

부부싸움을 하면 언제나 엄마 편이 되어버리는

내 아이들을 바라보며 나는 이제야

아버지 편이 되어 봅니다

오늘도 나의 눈앞에는

아버지께서 함박눈을 맞은 모습으로

말없이 서 계십니다.

소록도에서

어머니, 나의 삶은 무엇입니까?
보리피리를 불며 고향 생각에 눈물
어머니 생각에 또 눈물
그 눈물이 흘러 남해 바다를
더욱 소금처럼 짜게 만들고 있습니다

이젠 팔이 없어 편지도 못 쓰고
발이 없어 가지도 못할 뿐 아니라
문드러져 버린 흉한 얼굴로
어머니마저 뵐 자신이 없어집니다

그러나 어젯밤 꿈속에서
어머니 무덤 앞에 피어 있는
연분홍 진달래꽃을 보았습니다

발 없는 발로 달려가

팔 없는 팔로 진달래를 꺾어

그리운 어머니께 드렸지요

어머니

나의 삶은 무엇입니까

내 나이도 나를 외면하고 있는데…

그래도 발 없는 발로 무릎을 꿇고

팔 없는 팔로 두 손을 모아

제단 앞에서 감사의 눈물을 흘리는

저는 누구입니까?

홀씨

누군들 산산이 흩날리기를 좋아하랴

바람이 조금만 천천히 불었어도

다정한 풀꽃 하나 피지 않은

황무지에 떨어지진 않았으련만

거친 바람에 고독한 황무지에서

다시 고도의 절벽 바위틈으로

어차피 외로운 바람 따라 흩날릴 운명인 것을

홀로 서서 꽃을 피우지만

그대만은 잊지 않아요

낮에는 해바라기의 작열하는 심장으로

밤엔 달맞이꽃의 은은한 미소로

언젠가 다시 흩날리고

또 바람에 흩날리다 보면

우리 다시 만나

꽃향기를 발하는 날이 오리니.

너와 나

열차는 꽃도 보지 않고 달린다
내 몸이 흔들릴 때 차창 밖의 코스모스도 흔들리며 핀다
생각은 그 코스모스에 머물러 있는데
열차는 지나가버리고
다른 꽃들을 미처 볼 새도 없이
열차는 또 달리고 달린다

그렇게 삶도 홱 지나가고
그럴수록 어깨는 돌덩어리가 되어갈 때에
문득 침침한 눈에 보이는 구름 저편의 손짓
눈을 비비고 열차가 달릴수록 선명해지며

아 이젠 코스모스가 흔들릴 때
내가 꽃을 피워야 한다고

꽃들이 신음할수록

이제는 내가 꽃을 피울 차례라고

꽃이 지고 잎새도 떨어질 때

기차가 멈추면

우리네 일도 끝나거니

비록 흔들릴지라도

어깨가 짓눌릴지라도

멈추기 전 부지런히 피어나야지

눈부시면서도 서러운 꽃잎들

피곤하지만 그래도 행복한 너와 나여.

버스

화순으로 가는 버스는 추억 속으로 달린다
옛날처럼 화순에서 능주 백암리*까지는
오토바이를 타고 갈 것이다
그런데 갑자기 버스가 광화문에 나를 내려준다
나는 그곳에서 내 인생을 어떻게 살 것인가를
주저하며 망설이다가 촛불을 하나 샀다
촛불을 켜지는 않고 다시 백암리로 갔다
그러나 백암리로 가는 도중에 버스 안에서
옛날에 듣던 이선희의 〈J에게〉라는 노래가
유난히도 애처롭게 들려왔다
그 노래를 듣던 중 버스가
중앙분리대를 받고 데굴데굴 굴렀다
아 대형사고, 일어나보니 꿈이었다
왜 나는 아득한 추억의 세계

애틋한 미지의 세계로 떠나지 못하는 걸까

왜 현재 광화문에서도 촛불을 켜지 못하는 걸까

꿈에서 깨어보니 난 교회에 누워 있었다

다시 추억의 버스를 타고 싶은데.

---

* 청년 시절, 수많은 우여곡절 속에서 광주신학교를 다니며 교회를 개척했던 곳이다. 광주까지 버스로, 화순까지는 오토바이를 타고 다녔다.

상처

자기 상처에 빠져 허우적거릴 필요는 없지만
상흔이란 아름답고 또 아름다운 것이다
상처가 없으면 그리움도 없나니
그리움을 위해서라도 가끔은 상처를 받아라

상처가 찾아오면 거부하지 말고
그냥 받아들여라 그리고 그냥 흘려보내라
아파하고 나면 새로운 것이 나오나니
아플 때는 그냥 눈물을 흘려라

눈물은 아팠던 감정을 살리고
내면의 상처를 잠들게 하며
그 자리에 상흔의 꽃을 피우게 하나니
모든 들꽃들이 그렇게 피어났지 않았던가

상처 입은 그대여 버림받은 당신이여

낮에는 들꽃으로 피고 밤에는 별이 되어 반짝이리니

그 꽃으로, 그 별로

지금 홀로 괴로워하는 나에게 다가와주세요.

달빛

화려하게 수놓은 것은 아니지만
수묵화처럼 슬프게는 사랑해요

밤 구름에 가려도
님 향한 마음은 변함없어

오늘도 그저
푸른 그리움 어른거리는
은빛 광채만 발해요

천년을 하루처럼 계수나무 아래
순백의 사랑을 꿈꾸고

밤새 월광곡을 부르며

그대를 기다려 왔어요

그래도 님 오지 않아

또 다시 머나먼 내일을 기약하며

슬픈 가슴으로 한숨지은 지

벌써 반평생.

두 마리 새

늦은 밤까지 시가 오지 않는 날은

한 마리 진홍가슴새가 되어 가시나무 숲으로 날아간다

명 시인들의 시집을 봐도

도무지 시는 찾아오질 않고

대신 붉은 코피만 쏟아져

하얀 종이 위에 핏방울을 떨어뜨렸더니

마침내 시가 되었던 거야

그리고 아침에 일어나보니

내가 진홍가슴새가 되어 있었어

아, 가슴 시린 잔인한 밤이여

그러나 햇빛보다 더 황홀한 아침.

내 마음 강물 되어

내 마음 강물 되어 흐르고 있습니다
멈추라 하여도 흘러야만 합니다
보냄을 아쉬워 않고 돌아옴을 반기지 않고
다시 옴을 그리워하지도 않습니다
멈추지 않고 흐르는 것만이 행복이고 기쁨인 것을
흐르고 또 흐릅니다
미움도 원망도 슬픔도 고통도 고일 곳이 없어서
흐르고 흘러가고 있습니다
멈추고 붙잡는 것이 속절없는 것을
흘러야 행복인 줄 알기에 끊임없이 흘러갑니다.

심마니

어젯밤 꿈속에
달빛 깃든 문고리를 잡고 있던 여인
끝내 들어오지 않고
살며시 소리 없이 떠나던 님이여
새벽빛 물드는 저 언덕을 넘어 언제 오시겠습니까

평생 심봤다 한 번 외치지 못하고
원앙매 신세로 살아온 나
심산을 찾아 다닌 지 반평생
오늘도 독매의 꿈을 꾸기 위해
산속에서 찬 서리에 젖으며 잠을 청하오니
안개의 숲을 지나
물망초를 들고 오시옵소서.

노수(老水)

수심 속 청춘의 붉은 심장은
푸른 대양의 꿈을 꾼다

떨어지고 부딪히고 섞이며
갯돌에 굽이치다 흘러온 세월들

돌이킬 수도 역류할 수도 없어
회색빛 회한이 가득하지만

그래도 여류한 마음은 젊어
푸른 대양의 꿈을 꾸며

청춘의 붉은 심장으로
바다를 향해 거친 유속으로 흐르나니.

겨울 호수

속리산 세조가 걸었던 길을 걸으면
수백 년 된 노송들이 군신들처럼 서서 맞는다
그 푸른 절개와 지조
세찬 폭풍에도 꺾이지 않을 기개가
지친 가슴을 황홀경으로 이끌어
노송에게 다가가 나누었던 무언의 대화

"소나무야, 너는 어쩜 그토록 잘 생겼는데도
누가 베어가지도 않고 용케도 산을 지키고 있구나.
정이품송아, 네가 정말 임금의 가마가 걸리지 않게
팔을 들어주었더냐
거짓말은 인간이 한다는 사실을 너는 잘 알고 있을 거야
못생긴 소나무야, 어쩌면 너는 나와 똑같이 생겼니?
그래도 너는 산을 지키고 있으니

나의 처지와 똑같구나….”

속리산 노송과 헤어져 돌아오는 길
꽁꽁 얼어붙은 호숫가
동행자들은 위험하다고 들어가지 말라고 했지만
난 어느새 하얗게 얼어붙은 호수 위를 걷는다
아니, 아예 얼음판 위에 누워버린다

아, 두 눈에 쏟아지는 햇살, 눈부신 햇살
너무 눈이 부셔 두 눈을 감았을 때
고향 마을 겨울 저수지에서 썰매를 타던 유년의 환영
“아, 좋다. 너무 좋아.
너무 황홀해서, 너무 눈부셔서 눈물이 나려고 해.”

왕에게 전령을 전달하기 위해

거침없이 황야를 달려온 한 마리의 군마처럼

하얀 겨울 호수 위에 쓰러져 누워

두 눈동자를 촉촉이 적시던

눈이 부시게 하얗게 빛나던 겨울 오후.

시집가는 딸에게

지하실 캄캄한 개척교회당에서
야수의 울부짖음을 하던 어느 날
네가 처절하게 태어났을 때
배 속에서 너무 못 먹고 나온 쭈글쭈글한 모습에
울음소리조차 내지 못한 너를 보고
화장실로 달려가 엉엉 울었던 일이
아련하게 떠오르는 지금

가난이 서럽지만 눈에 넣어도 아프지 않을 딸을 위해
더 서러운 눈물의 씨앗을 뿌리느라
그 딸마저 등져야 했던 눈물의 나날들
그래도 그 서러운 눈물의 씨앗들이 역설의 은총이 되어
한 송이 하얀 백합처럼
순결하고 눈부신 신부가 되어 있구나

너를 보고 웃으면서도 뒤돌아서면 울어야 했던 아빠

너와 함께하지 못한 그 빈자리를 속죄하는 마음으로

너의 결혼식에 주례자로 선다

애써 눈물을 감추며 웃음진 얼굴로 네 앞에 서지만

많은 나날 얼마나 너를 위한 축복의 눈물을 흘린 줄 아니

나만큼 너를 위하여

축복의 꽃가루를 뿌려줄 사람이 어디 있더냐

나보다 너를 위한

축복의 꽃길을 열어줄 자가 어디 있으랴

너는 언제나 나의 거울이 되어왔듯이

너를 볼 때마다 하나님의 은혜는 망극의 방망이가 되어

나의 가슴을 두들겨왔거니

앞으로도 너는 나의 변함없는 거울이 되고

나는 여전히 가시고기 아빠가 되리

비록 네 마음에 아빠에 대한 빈자리가 있다 할지라도

그 빈자리에 나는 가시고기의 사무침으로 함께하리라

아니 아빠보다 더 위대한 하나님께서

남정한 오빠를 통해 너의 빈자리를 채워줄 것이고

따뜻하고 포근한 옷자락으로 너의 삶을 덮어

언제나 파랑새 지저귀는 행복한 둥지를 만들어줄 거야.

2장

꽃밭 여행자

꽃밭

아주 없어진 지 오래
뜨락이라도 남아 있어야 할 텐데

꽃씨를 뿌려도
싹틀 수도 없는 회색빛 바닥뿐

그래도 아련히 떠오르는
누님의 들국화 향기.

원추리

누가 몰래 와서 심어놓았는지

고향집 뒤뜰 앵두나무 밑

봄이 오면 봉긋 봉긋 솟아오른 원추리

잘 자라라고 물을 부어주던 동심은

원추리와 함께 자라고

무심한 시간 속의 삶은 강물처럼 흘러

길 위의 중년이 되어서

고향집 뒤뜰을 찾았을 때

아 어디로 사라졌나

원추리가 보이지 않아

그립고 허전한 마음

그래도 그 자리에

여전히 지지 않고 피어 있는

아련한 동심의 꽃.

찔레꽃

하얀 꽃잎에 숨겨진 가슴부터 아프다

상처는 가시를 낳고

가시는 심장을 찔러대고 있으니

너의 근원은 에덴의 동쪽

죄업에 유배된 우리네 삶을

추적하며 찌르기 위해 태어났지

그래도 너에게도

낙원을 향한 그리움의 순정이 있어

가시 속에서도 순백의 꽃을 피워내고

맞아

에덴의 동쪽에서도

에덴의 그리움이 가득했던 것처럼

너에게도

본향을 향한 그리움이 있고

하늘 너머의 사랑이 필요한 거야.

진달래

겉보기엔 새색시 누이처럼 화사한 듯 보여도
꽃잎에도 여물지 않은 상처가 있어

새벽 보슬비에 젖지 않는 꽃이 어디 있고
홀로 지지 않는 꽃이 어디 있으랴마는

바람에 꺾이고 던져지고
산짐승에 즈려밟혔던 아픔들

봄이 다하기 전에 쉬 지고 나면 잊혀지고
다신 찾아오지 않으리라는 두려움

꽃잎에 젖은 차가운 빗물이 눈물이 되고
눈물은 땅을 뜨겁게 적신다.

각시붓꽃*

밤새 외로운 대기를 배회하는 영혼은

오대산 봄 기슭으로 달려가

각시붓꽃을 더듬더듬 찾아 헤매고

꿈에서 깨면

왠지 낯선 이국의 안개 자욱한 영혼

다시 잠들면 이미 산그늘 드리우는 가을

해 지는 가을이 되어서야

단풍 아래서 내 각시의

이름을 서럽게 부르다.

---

* 문효치 시인의 〈각시붓꽃〉을 읽고 쓴 시.

나팔꽃

행여 속절없이 빨리 진다고
눈물짓지는 마세요
새벽부터 기쁜 소식을 전한다고
나팔을 부느라 지치고 곤한 영혼

본래 희년의 나팔은
한나절만 불어도
50년의 행복을 가져다주었듯이

나 역시 당신의 행복을 위해 피고
사명 다하면 하얗게 지는 거죠
나의 사명의 숨결마저 그치면
또 다른 나팔수가 당신의 행복을 위해
새벽 나팔을 불어드릴 거예요.

봉숭아꽃

붉은 선혈을 먹고 피었나
손톱에 물들여도 지워지지 않는 꽃물

어릴 적 아늑히 잠들어 있을 때
누나들이 손톱에 물들여주면
잠결에 일어나 울고 울었는데

지금은 그 꽃물이 너무 좋아
선혈빛 물드는 아련한 세계로 간다

마음이 분요하여 오염될 때는
너의 꽃빛 영혼을 물들이고 싶어

저 골고다 언덕 위에는 겨울에도
저녁노을이 봉숭아 꽃물처럼 번져가겠지.

호박꽃

꽃이면서도 단 한 번도
꽃밭에 심겨지지 못한 설움

조상이 이방인이었나
박색 때문인가

그래도 외롭고 서러워 마라

차라리 드넓고 넉넉한 마음으로
더 해맑게 피어보려무나

웃음이 커야 아름다운 열매도 크지
모든 텃밭이 너의 영토가 아닌가.

장미꽃

어쩜 그리도 내 아내를 닮았는지

아름다운 자태와 화사함, 그윽한 향기

근데 왜 날카로운 가시가 달린 거야

하와의 수려함에 눈이 멀어

너의 숨어 있던 가시를 못 보았던 거지

그대의 진한 향기를 품을 때마다

가시에 손이 찔리는 아픔이 있기에

화원의 사랑이 더 고귀해졌지

널 지켜보면 삶이 더디 지나가고

고개 돌려 보지 않으면 쉬 지나가나니

이 바쁜 틈에도 그대를 바라본다

가시에 손이 찔려도 널 꺾는다.

백목련

하얗게 봉긋 솟아오른 꽃봉오리는

기나긴 겨울 들길을 지나

순결서약을 지켜낸

동정녀의 가슴

그렇게 피어난 순백의 존엄 앞에

모든 꽃들이 고개를 떨구고

봄의 정결을 앙모하지

나무 아래 떨어진 꽃잎마저 밟을 수 없어

하얀 세마포 옷을 개놓듯

꽃잎 한 장 한 장을 포개놓고

그 위에 순결훈장을 새겨준다

하얀 목련 꽃잎은

흙이 되어도 꽃향기를 발하지

가을인데도 목련이 그리운 이유.

벚꽃

봄날 흐드러지기 위해 피었나
산천에 피어 있는 꽃보다
하얗게 흐드러진 꽃잎들이 눈부셔
그 아래 서 있는 것 자체가 축복이다

그 새하얀 꽃구름 아래
걷는 것도 송구스러워
한동안 멈춰 서 있노라면
문득 떠오르는 한 눈동자
그 시선이 나를 걷게 한다

어디론가 끌리게 하고
아득한 세계로 안내하는 꽃잎 하나 하나
모두가 사랑의 연서이고 초대장인 거야

벚꽃은 졌지만

여전히 벚꽃나무 길을 걷는다

눈 내리는 이 겨울에는

눈꽃이 벚꽃이 되고.

겨울에 핀 개나리

그리운 사람은 먼저 달려나가요

한겨울인데도

교회 옆 담장의 개나리가

노오랗게 피어 있네요

이러다가 눈이 내리면 어쩌려고

매화를 질투했는지

인동초의 꿈을 꾸었는지

설마 봄의 예감을 잘못한 건 아닐 거야

얼마나 그리웠으면

사무치도록 피고 싶었으면

곧 눈이 내릴 줄도 모른 채

노오란 속살을 내보였나

봄이 그리워

사랑이 그리워

그대가 그리워

내 마음의 개나리 꽃잎 위에 쌓인

하얀 눈꽃들.

아기 진달래

내 마음이 너에게 머물고 싶어

겨울부터 너를 축복했지

아버지가 좋아했던 아기 진달래 꽃술

나는 그 꽃술 대신

너의 향기를 내 영혼 깊은 곳으로 들이마신다

올해부터 아스라이 피어난 아기 진달래여

내 영혼의 봄날에 피어날 어린 누이여.

백합화

무엇이든 정죄 받겠습니다

사랑했던 것 외에는

모든 걸 심판해도 좋아요

다른 이에겐

부정하게 보이고 악취로 풍겨졌던 것도

당신을 위한 사랑 때문이었으니

백합의 눈부신 순백 앞에 무엇을 변명하리오

그대 사랑을 위한 때묻음

그대 순결을 위한 부정

그대 향기를 위한 악취

그 외의 것들은 모조리 심판해주세요.

목화

그대처럼 따뜻한 꽃이 어디 있으랴

꽃이 진 후에도 달콤함을 주었던

다래 시절을 기억하겠지

비바람에 흔들리고 젖을 때에도

오로지 따뜻함만을 꿈꾸며 피어오른 꽃

그대가 만들어준 포근한 솜이불 아래

어린 살갗을 덮고 자라서 나 여기 있으니

따뜻하고 달콤한 꽃이여

부드러운 목화솜이여

솜이불을 지으셨던 어머니여.

개망초꽃 1

모든 빛바랜 오해는 나의 것
섭섭하고 억울하지만 덧칠해진 누명을 제가 쓰지요

이국만리 기차에 실려와
철길 가에 뿌려진 것도 서러운데
망조를 부르는 꽃이라니요

꽃 중에 잿빛 저주받은 꽃
하지만 아무리 저주해대도
당신을 축복합니다

싸늘한 오해의 바람이 세차게 불어오고
회색빛 저주의 빗물이 꽃잎을 적셔도
당신을 축복하며 피고 또 피겠습니다.

개망초꽃 2

공연히 마음이 슬퍼질 때는 그냥 울어버려요
외로움이 느껴질 때도 그냥 눈물을 흘리세요

우리의 삶에는 행복보다 슬픔이 많을 때가 있나니
허전할 때는 오지 않을 전화도 애타게 기다려봐요

슬픔의 안개가 걷히고 나면
기대하지 않았던 편지가 오리니

바람이 불면 바람에 흔들리고
비가 와도 피하지 말고 그냥 흠뻑 젖으세요
찬 서리가 내린다고 떨지도 말고 원망하지도 말아요

슬픔과 행복 흥함과 망함,

그 모든 것은 그저 내게 달려 있다고 믿으세요

그래도 그대의 삶은 여전히 꽃, 향기이니까요.

들꽃

그대가 우리의 이름을 몰라준다고
단 한 번도 불행하지 않았습니다
어차피 우리의 이름은
원래부터 없었기 때문이죠

세찬 바람에 흔들릴 때도
단 한 번도 불평하지 않았습니다
바람에 흔들려야 들녘에
향 내음이 진동할 테니까요

작은 들꽃으로 피었다고
단 한 번도 한탄하지 않았습니다
수정 같은 이슬을 머금고
아침 햇살을 받은 장엄한 모습은

화원의 꽃들이 흉내 낼 수 없겠죠

우리가 이곳에서 피어나지 않으면
저 들녘이 얼마나 쓸쓸하겠습니까
우리는 여전히 들녘을 지나가는 나그네에게
다만 작은 위로를 드리고 싶을 뿐이죠.

들꽃의 추억

그저 넓은 들녘에서 피었다 지고 마는
덧없는 운명 같지만
우리에게도 소중한 추억이 있어요

봄의 향연
여름의 잔인함
가을의 향기
그러나 그 추억들은 마른 꽃으로
걸려 있을 때만 간직될 수 있지요

지금 우리를 베어 정성껏 엮어
영혼의 햇빛에 말린 다음
그대 가슴속 벽에 매달아 두어보세요

꽃잎도 빛바래고 향기도 사라졌지만

그대 가슴속에서 한 토막 삶의 추억만큼은

소중한 향수로 영원히 남도록 해드릴게요.

눈꽃

맑은 물이 영혼 되어 영하의 바람 속에
순백의 결정체로 피어난 꽃이 아니던가
내 가슴이 이토록 시린 이유는
그대가 겨울의 찬가를 부르면서
혹독한 눈물로 피어났기 때문이며
겨울 폭풍에 눈보라를 털어내고
그대만의 맑은 영혼으로 피어났기에
애처롭도록 아름답기만 하구나
나의 부신 눈을 감게 하는 것은
겨울 햇빛을 반사시키는
그대 순결의 힘 때문이겠지
하지만 언젠간
그 순백의 눈꽃들도 녹아 흘러내릴 거야
오늘 그 눈꽃들이 녹아내린다면

내 영혼의 꽃도 함께

흘러내릴 수 없을까.

바래봉 철쭉

바래봉 철쭉도 님을 그리워하나
눈보라 치는 겨울에도
봄을 기다리며 서 있다

저토록 화사하게 피었음에도
진달래를 앞서지 못해
천왕봉에서 피지 못해
서러운 표정을 짓고 있나

황홀한
연분홍 축제를 이루고도
누구를 위해 피는지 몰라
고독해하고 있나

그나마 꽃잎 지면

찾아올 이도 없어

구슬픈 마음.

설악산 진달래

아는가

설악산 진달래는 봄이 되어 피는 것이 아니라

연분홍 가슴이 설레임을 못 이겨

피어난다는 것을

밤새껏 애태우다가

애끓는 가슴으로

마침내 새벽이슬 흠뻑 젖은 떨림으로

아스라이 피어난다는 것을

그리고 설악산 진달래가 피어야

마침내 봄이 온다는 것도

그런데

그리운 님은

왜 오시지 않는 건가요?

꽃씨

언제부턴가

꽃씨가 사랑스럽습니다

그래서

마음의 뜨락에 꽃씨를 심습니다

세상 가득 향기로 덮고 싶기에

이젠 꽃을 꺾어

선물하지 않으렵니다

그보다

꽃씨를 나누어주고

그 마음에 뿌려주기로 했습니다

더딜지라도

코끝에 물씬 풍기는 향기 없을지라도

한 아름 안겨주는 화사함 덜할지라도

오늘도 꽃씨를 뿌립니다

마음의 밭을 일구어

열심히 꽃씨를 뿌립니다

그날

사랑하는 사람들 안에서

향내 가득하고

이 세상 꽃들로 가득하게 될 때를

기다리며

그리고

이 세상을 떠나는 날

나는 이 꽃씨들을 천국에 가져가렵니다.

꽃등

내가 걸어온 골목 끝에서 빛나는 별
새벽바람은 꽃잎을 스치며 지나가겠지

우리의 젊은 날
세상의 모든 사랑을 노래한 청춘의 붉은 심장

바람만이 걸어간 설원의 새벽 골목길
우리가 남긴 하얀 발자국

외롭다 말하지 마라
절망이라 고개 숙이지 마라

이 밤도 불 꺼진 마지막 기차역

봄바람 사이로 꽃등을 켜는

지난날 잊을 수 없었던 사랑의 여정이여.

고독의 꽃

산 위의 산을 바라보면 구름이 내려와 안긴다
사람이 크면 서울로 보내고
성공하기 위해서도
서울로 가라고 한다지만
나는 성공한 후 훌훌 털고 산으로 떠날 거야

산속의 산에 들어가서
유리같이 맑은 수정계곡 물에
분주했던 세속의 때를 씻기고
화몽(花夢)에서 깨어나 흘리는 뜨거운 눈물로
성공의 때까지 닦아낼 거야

구름이 내려앉은 산 위의 산을 바라보며
목이 터지도록 그리움의 연가를 부르고

이듬해 봄엔 고독의 꽃을 피워내리

그 향기를 맡고

마침내 그리운 임도 찾아오시겠지.

꽃밭 여행자 1

황무지를 거닐며 꽃씨를 뿌릴 때
눈물이 바람에 씻겨 날아갔지
봄을 기다리는 겨울나무처럼
가슴에 봄을 품고 황야의 지평선을 바라보았어
잠시 꽃밭을 순례하고 싶어
벚꽃나무 아래서 하얀 꽃비를 맞으며 섰을 때
꽃잎은 나에게 보내어진 연서였음을 알았던 거야

바람에 한 점, 한 점 날리는 꽃잎을 두 손에 모아
젖은 눈동자로 바라볼 때
꽃잎들은 거울이 되어 내 얼굴을 비추어주는데
꽃 거울에 비친
나의 시들어가는 고달픈 초상

꽃향기를 따라 날아가는 나비처럼

꽃잎들의 연서를 손에 쥐고

홀로 먼 길을 떠나온 외로운 꽃밭 여행자

어느새 해가 저물어 붉은 노을이 질 때

문득 울컥하고 눈물이 쏟아진다

눈물은 이슬이 되고

이슬은 다시 꽃잎으로 피어나리니

나도 하나의 꽃잎이 되어 그대의 창가로 날아가고 싶어

노을 물드는 꽃밭에 꽃잎으로 떨어지고 싶어.

꽃밭 여행자 2

꽃밭을 여행했으면 사막으로 가라

사막을 다녀왔으면 다시 꽃밭으로 가라

꽃밭의 향기를 사막에 날리고

사막의 침묵을 꽃밭에 퍼뜨리라

꽃밭에는 사막의 별이 뜨고

사막에는 꽃밭의 꽃잎이 날리리니.

3장 원시림 연가

눈

사랑 너머 사랑을 위하여

하늘에서 눈이 내리네

하나님이 보내신 사랑의 편지가

새하얀 꽃잎이 되어 휘날리네

차마 부치지 못했던 편지들이

하나님의 하얀 연서 되어

꽃잎으로 떨어지는 날은

너와 나는 무조건 하나.

설국(雪國)*

곤지암 수양관 깊은 골짜기
아침에 눈을 뜨니 경이롭고 낯선 설국

마치 대기권 밖 다른 행성에 착지한 듯
우주복으로 무장한 후
떴다 가라앉았다 뒹굴고 넘어지고

사랑하는 이와 함께 왔다면
짐짓 못 본 척 길을 잃고
3일을 굶어도 행복하련만

설야의 골짜기에 갇혀서
낙오해도 좋을 황홀

도시로 수신호할 전화도 끊기고

핸드폰 배터리도 방전된 채

귓가에 들리는 유일한 소리가

우리의 하얀 숨결이 되었을 때

눈사람의 가슴으로

겨울 연가를 부르리.

---

* 문정희 시인의 〈한계령을 위한 연가〉를 읽고 쓴 시.

입산

산행을 하지 않고서 죽어서는 안 되느니
떨어진 나무 잎사귀를 밟지 않고서야
죽으려고 생각조차 하지 마라
그것은 죽음의 예행연습이고 작별의 준비이거늘
어찌 그런 준비도 없이 이생의 문을 넘어서야 되겠는가
그리움 없이 죽은 자들이 무덤만 차지하고 있을 뿐
결코 산을 지키지 못하리니

오늘 당장 입산을 하여라
비가 오면 비를 맞고
눈이 오면 눈을 맞고
바람을 맞고 이슬에 젖어 잠들 마음으로
입산을 하여라

입산을 하되 떨어진 낙엽부터 밟아라

나뭇잎을 통해 들려주시는 창조주의 음성을 들으라

그런 자만이 산을 지킬 수 있고

나무도 되고 꽃도 되며

비로소 거룩한 산도 될 수 있나니.

산에 와서

당신을 뵐 면목이 없습니다

참으로 오랜만에
그을린 장작개비 모습으로
당신 품에 왔습니다

당신의 푸르른 인애로
더러운 마음 씻어달라는 말조차
차마 나오지 않습니다

선행을 하면 얼마나 하고
탑을 쌓으면 얼마나 높이 쌓는다고
요란하게 살아온 삶이 부끄럽기만 합니다

이제 당신의 마음을 쌓게 해주십시오

다시 저 녹색 산바람으로

내 영혼 깊은 곳까지 씻어 내리어

세상 속에서 당신의 거대한 산을 이루게 해주십시오.

바위산

강인해서 살아남았다고들 하지만
그리움 하나 때문에 버텨왔습니다
얼마나 애타게 그리워했으면
눈과 비가 내리며
천둥 치고 벼락을 맞아도
사계의 변화도 잊은 채 이대로 서왔겠습니까
인고의 시간 억겁의 세월
단련 받고 또 단련을 받아서
님을 향한 마음만은 흔들리지 않습니다
님의 쉴 곳을 위해
살을 베고 뼈를 깎아 움막도 지었어요
그리움 사무칠 때면
하늘의 눈과 비를 눈물로 흘려보내
님의 가슴을 적셔온 걸 아시나요

새해에도 눈비가 내리고

바위산은 여전히

그리움의 눈물을 흘려보내고 있습니다.

쇠뜨기

오늘도
칼을 갈며 자란다
바람이 불면
더 날카롭게 간다

무슨 원한이 그리도 많은지
낮에는 태양을 향해 날을 세우며
밤에는 달을 벨 듯
검푸른 원한이 서린다

나도 왜 이런지 모르겠다
그러나 나를 축복하는 이가 있어
그가 나를 칼집에 가둔다
하얀 서리가 내린 후 눈도 내린다.

더덕

산속 외로운 그대

산삼으로 태어나지 못해

향기부터 발하나

눈에 보이지 않아도 냄새는

산삼보다 더 풍겨내지

심마니가 아니래도

누구든 나를 캐달라고

나 여기 있노라고.

뱀딸기

아담과 하와가 먹고 난
금단의 열매 씨앗이 우리네 조상이지

그래서 뱀이 좋아하는
향으로 피고 색으로 열매 맺어

이리 다가와봐
요염한 꽃뱀이 미소 짓고 있고

그 뒤엔 독 오른 뱀이
똬리를 틀고 웅크리고 있거든.

무등산 억새

순천만의 갈대가 부럽지 않아요
누구나 쉽게 볼 수 없는 자태이기에
땀 흘리고 올라온 사람만이 볼 수 있지요

서석대로 오시지요
힘들게 온 당신을 위해
바람의 거처를 마련해놓았습니다

당신의 고독한 숨결을 느끼며
별이 뜨는 밤엔
외로운 별들도 초대하겠습니다

우리의 고향은 본래
등대 하나 없는
외로운 별나라였으니까요.

낙엽

지금은 추할지 모르지만

떠날 땐

가장 화려한 모습이었음을 아시나요

이별 전까지는

죽도록 사랑을 불태웠음도요

지금도 그 타는 정열의 심장의 여운이

아주 가시지는 않았습니다

바람이 나를 부르러 오던 날

어쩔 수 없이 당신을 떠나 왔지만

이별 후에도

당신을 위한 제단 위에

아직 살아 있는 정열의 심장을

아낌없는 제물로 바치려 합니다

나의 마지막 고백을 기억하시나요

따사로운 봄날

여린 연둣빛 사랑으로 돌아올게요.

원시림

1

너에게 뭘 하겠다는 건 결코 아니었어

그냥 너 자체만으로 좋았던 때

사랑이 꽃 필 무렵이었지

누가 가르쳐주지 않고

누구의 손길도 미치지 않았지만

스스로 홀씨가 흩날리고 싹이 나고

숲이 생기고 그 안에서 꽃이 피고

그러다가 다시 꽃이 지고 또 피어나고…

2

인생은 짧고 예술은 길다고 했던가

그 예술혼은 세월 속에서 성숙하고

그걸 불태우던 삶은

세월 속에서 사라지고

또 다른 사람에 의해서 또 피어나고 성숙되고

그래도 사라진 삶은 기록이고 역사고

예술의 연속이었는데

그 모든 건 여전히 원시림에 남아 있다

3

도회지의 삶은 처절하다

자신을 위해 집을 짓고 도로를 내고

다리를 놓고 아스팔트를 깔고

공원을 만들고

이젠 너에게 뭔가를 꼭 해보겠다는 거지

세월이 흐르면 모든 욕망은 먼지가 될 텐데

4

나는 오늘에야 다시 원시림을 찾았다

그냥 너 자체만으로도 좋았던 때

욕망을 버린 사랑, 예술, 만남…

선악이 없는 이곳에서의 모든 행위는 죄가 아니다

그냥 너를 사랑할 뿐이다

비록 나이 먹고 오래되었을지라도.

나는 오늘 아마존을 간다

아마존의 눈물이 상파울로까지 흘러와
그 눈물의 강물 위로 배를 띄워 마나우스로 간다

문명의 세계로는
상상할 수도 없는 원시림에 이르면
나는 먼저 거추장스런 옷부터 벗고
조에족에게 달려가리라

선악과 욕망이 없는 그들의 원시 숲으로 가면
과연 나는 처음 아담으로 돌아갈 수 있을까
저 슬픈 별들도 미소를 머금어줄 수 있을까

참 어젯밤 꿈속에 슬픈 별들이 내게 속삭여줬지
청결한 영혼만이 아마존의 눈물을 닦아줄 수 있노라고

이끼를 벗겨낸 마음만이

아마존의 눈물을 강물이 되게 하고

강물은 꽃이 되게 하며

꽃은 에덴의 신비가 되게 하고

에덴의 신비는 영원한 사랑이 되게 하리라고

하지만 청결한 영혼이 되지 못한다면

나는 슬픈 떠돌이 별이라도 되어

영혼의 정글 속에 가서 유영이라도 해야지.

아마존 조에족 추장에게

추장님! 당신은 날 기다렸을지 모르지만
나는 아직 당신을 만날 준비가 안 되었나 봅니다

거추장스런 옷부터 벗고
당신 마을로 달려가겠다던 약속을
결국 지키지 못했습니다

아마존 밀림 입구에는 갔지만
정글 깊은 곳까진 가질 못했던 것은
정글이 나를 허락하지 않았기 때문이죠

하기야 짧은 여행 중 어찌 그 드넓은 원시림 속으로
들어갈 수 있겠습니까마는 그래도 꿈은 아름다웠습니다

인생의 대부분은 어차피 표면적 삶이 아닐지요
여행도 만남도 사랑도 예술도…

봤다 했으나 본 것이 아니요
만났다 했으나 만난 것이 아니요
사랑했다 했으나 모두 표면적이었던 것을

내가 설사 당신 마을에 갔다 하더라도
온전히 벗지는 못했을 거고
당신을 만났더라도 만난 것이 아니었을 것입니다

아마존의 정글은 준비된 자에게만 허락되고
당신의 원시림은 순백한 영혼을 가진 자만
들어갈 수 있음을 깨달았습니다

추장님! 당신이 내게 올 수 없는 것처럼

당신이 나를 알 수 없는 것처럼

나도 그렇습니다

우리의 삶이 그런 것이 아닐까요

그래도 나의 영혼은 가끔씩 밤이 되면

푸른 유성이 되어 당신 마을을 유영할 것이고

그러다보면 언젠가 때가 이르러

당신을 만날 날이 있겠지요.

베사메무쵸

부에노스아이레스의 별들은
탱고 선율을 따라 먼 길을 떠나버렸나

브라질 이과수 국립공원에 와도 하늘은 캄캄할 뿐
도대체 별은 어디에 숨어 있는 걸까
폭포가 내려다보이는 뽀르또까노아스 식당에 앉아
식사를 청하는데
라이브로 부르는 여가수의 베사메무쵸 노래가
가슴을 울렁였어

나는 본능적으로 그 음악의 나래를 타고
폭포 위의 구름 속으로 별을 찾아 나선다
별을 보지 않고는, 별 없이는 살 수 없기에

나는 낯선 이국 땅에서도 영혼의 별을 찾아 헤매야 하는
슬프고 가련한 떠돌이 별

공항에 와도 안개만 자욱 비행기는 결항되어
기약 없이 기다리는데
베사메무쵸의 잔음이 저 어두운 구름 위로
내 영혼을 날아가게 하고 있네.

어느 모자의 초상

깊은 저녁, 찜질방 한구석
두 어린 자녀와 함께 잠을 청하는 어떤 여인 한 분
예닐곱 살 정도 된 어린아이가
얇고 하얀 소라껍질 같은 조그만 손으로
한쪽으로 기운 엄마의 지친 어깨를 주물러주는데
모자의 쓸쓸한 모습이 고독한 고흐의 점묘화처럼
어릴 적 크레파스로 그렸던
도화지 한 장의 그림처럼 다가와
눈시울이 뜨거워져요
이 밤에 당신의 남편은 어디 가고
저 어린아이들만 데리고 이곳에서 잠이 들려 하오
삶이 얼마나 고달프고 혼자 지기엔 짐이 무겁기만 하는지
어린 송아지를 뒤에 두고 수레를 끄는 어미 소처럼
당신은 이곳에서 목에 메인 멍에를 풀려고 하는가보오

당신이 나의 성도라면

다가가 손이라도 한 번 잡아주고 기도해주련만

찜질방에서의 나는 목사이기 전에 한 남자일 뿐

나는 아무것도 할 수 없어

한쪽 구석에서 그냥 울고 오네요

아, 나는 오늘 푸른 별 지구에 떨어진

작고 외로운 두 떠돌이 별을 만난 것은 아닌지

그 모자의 초상은 내게 끊임없는 환영을 이루고

그 환영은 나를 다시 두 떠돌이 별로 향하게 한다.

죽음 이후

어느 먼 훗날 언젠가 이 세상과 이별하거든
잘 단장된 공원묘지가 아닌
청산의 주봉을 타고 내려오는
어느 한 양지바른 등성이에 묻어주오
동그란 무덤을 만들어주지 않아도 좋소
거기서 푸른 산을 지키는 외로운 산지기가 되길 희망하오

아니면 한 줌의 재로 태워
누구도 감히 벨 수 없는 참한 소나무 아래
하얀 창호지에 싸서 묻어주구려
나의 백골이 청송의 가지가 되고
꽃이 되고 솔잎이 되고 싶어서라오

사랑은 결코 혼자 할 수 없기에

죽어서도 나무와 함께 사랑하고
풀꽃들을 지키며 부활을 꿈꾸리이다

그러다가 언젠가 부활하는 날
주님께 이렇게 고백하려 하오
이생의 나날에는 사랑에 굶주렸고
하늘 저 너머로 넘어가서야 사랑을 하였노라고

벌써부터 모든 소나무가 사랑스러워지나니
이곳 와싱턴의 소나무까지 바람에 스치며
바람결에 미성(微聲)으로 노래하고 있네.

숲과 바다

숲이 나를 좋아한다고 말하면서부터

나는 숲을 더 좋아했다

바다도 나를 좋아한다고 하기에

바다를 더 좋아했다

숲길을 걸어도 바다를 생각했고

바다로 돌아와서 숲을 생각했다

숲속에 바다가 있고 바다 속에 숲이 있다

숲속에서 바다를 걷고 바다에서 숲길을 걷는다

바다에서 숲의 향 내음을 맡고

숲에서 파도 소리를 듣는다

내 안엔 항상 숲과 바다가 만나고

바다와 숲이 함께 호흡한다

지금 제주도에선 바닷고기와 한라산의 노루들이

회합을 즐긴다.

아침이슬

바람에 쓰러진 풀잎 위에도 이슬은 내린다
저녁 내내 비추던 별들이
풀잎 위에 내려앉은 것처럼

아침 햇살을 반사하고 있는
작고 영롱한 물방울들 속에
우주의 신비로운 사랑과 꿈이 들어 있어

푸른 별빛들이
밤새 애틋한 사랑과 꿈이 되어
수풀 사이에 방울방울 맺혔을 거야

쓰러진 풀잎들을 일어나게 하려고
칼바람에 상처받은 꽃잎들을 치유해주려고
하늘의 눈물이 되게 해주려고.

4장

바람의 언어

나비의 고백

나에게도 어둡고 추한 과거가 있죠
꽃 궁궐을 나는 화려함과 비원의 신비로움 그 이면에

차마 고백하기 싫지만
알과 애벌레, 번데기로서의 기나긴 은둔생활

부디 어두웠던 지난날을 묻지 말아주세요
부끄러웠던 일들을 전시하지 말아주세요

몽환적인 사랑의 전설을 따라
꽃향기 나는 날개 팔랑거리며
지금 당신을 향해 날아가고 있잖아요.

나비

당신이 날 불러주지 않으면
어찌 내가 그대를 향할 수 있겠습니까
그대 향 내음이 코끝을 진동하지 않는 한
결코 그대에게 날아갈 수 없습니다
오늘도 선택받아야 할 존재
이미 다른 이들이 그대 품에 안긴 후라면
그대에게 가고 싶어도 갈 수가 없네요

오늘도 오로지 선택받길 원합니다
당신의 선택이 없었기에
온종일 울어야 했고
눈물은 온몸을 얼룩지게 하여
상처, 상처들이 여러 무늬로 남아 있습니다

님이 불러주지 않는 날
저 바다의 수평선을 향해
방황하는 날갯짓을 하기도 했고
이름 모를 나뭇잎 사이를 맴돌곤 했습니다

당신의 선택이 없이는
움직일 수조차 없는 운명이기에
당신의 부르심만이 내 삶의 추동력이며
사랑의 역동입니다.

눈사람

이른 아침부터

얼어가는 손을 혹혹 불며

애써 만들어놓은 눈사람

아무도 봐주는 사람이 없어서

한 소년이 울고

해가 중천에 이르자

눈사람이 녹아내려

소년 앞에서

이제는 눈사람이 울고

두 사람의 눈물은

도랑을 이루고

개천을 이루어

많은 죽어가는 것들을 살렸지만

눈사람도 소년도
함께 사라지고 말았지
눈물이 사랑이 되고
사랑은 그리움이 되고
그리움은 고독이 된 이후

어느 눈 오는 날
한 중년 남자가
눈사람을 만들어놓고
그 소년을 기다리고 있다.

외출

와싱턴으로 향하는 비행기에서
문득 외딴 섬으로 떠나고 싶어
기장에게 비행기를 돌려
태평양 어느 외딴 섬으로 가버리자고 부탁한다

사람과 사람 사이에서
어쩔 수 없이 시들어야 했던 나의 인화(人華)
누군가와 함께 다시 정열의 꽃으로 피어나
사람과 사람 사이
섬과 섬 사이를 향 내음으로 회복시킬 순 없을까
여보, 이번에는 며칠 늦게 가도 되겠지요

정말 비행기가 방향을 틀어
이름 모를 외딴 섬으로 향하고 있다

아, 그 섬은 어떤 섬일까

누가 기다리고 있을까

눈을 감으며 숨 가쁜 청춘 예찬을 할 때

착륙했다는 기내 방송 소리에

눈을 떠보니

다시 숨통을 조이게 하는 와싱턴 달라스 공항.

매미

10년, 20년을 자전이 멈춘 하루처럼
적막의 숲에서 기다렸던 희망의 세월들

그러기에 바람에 실린 나의 노래에는
푸른 애환이 있고 공명하는 그리움이 있지

소리에 혼을 담아 온종일 노래하지만
나무를 끌어안고 노래할 시간은 고작 몇 주뿐이라니

목청이 다하면 혼으로 노래하고
혼마저 소진하면 다시 태어나 소리쳐 부를 거야

내가 땅으로 떨어지는 날은
마른 잎사귀도 떨어지고 하늘의 별빛도 지고 말겠지

오늘도 나는 청초한 이슬을 머금으며

부르다가 죽을 노래인 아가(雅歌)를 노래한다.

달팽이 연가

이토록 속이 여리고 부드럽기만 하거늘
왜 나를 강하고 딱딱하게만 보는지 상처가 됩니다
마음이 이토록 착하고 선하기만 하거늘
왜 못생겼다고만 하는지
그 자체가 아픔이지요

수풀 헤치며 가는 길마저 풀잎들과 의논을 하고
낯선 풀벌레들과 속삭이며
쓰러져 있는 들꽃을 보노라면
슬픔의 눈물을 감출 수가 없는데
나를 경계만 하려 하니 고독한 존재로 만들어요

내 안에 울고 있는
또 다른 내가 있는 줄을 알고 계시나요

그래도 나는 여전히 길을 떠나는 달팽이

겉이 강해야 부드러운 마음도
끝까지 지킬 수 있다는 사실을 알고 있어요
오늘도 나는 가야 할 길을
묵묵히 갈 뿐입니다

모든 상처를 삭여가며
비록 느리고 더딜지라도
쓰러진 풀잎들을 위한 연가를 부르며.

기차에서

어딘가를 빨리 가기 위해서
고속열차를 타는 것은 서글픈 일이다
한가할 때 느린
완행열차를 타야
삶의 서정을 느낄 수 있거니

사랑하는 사람과 마주 보고
오래 오래 다정한 삶을 속삭이며
이따금씩 차창 밖에 펼쳐지는
아름답고 고요한 풍경을 감상하면서
여유롭게 목적지에 도착하면 얼마나 좋으련만

자주 연착을 하여 더디 도착하면 더할 나위 없겠지
밤이 오면 그대 부드러운 머리를 맞대고

스르르 잠기는 눈을 붙이다가

바람 부는 낯선 역에서 눈부신 아침을 맞이하고

오늘 탄 고속열차는 너무 씽씽 달린다

고개 돌려 뒤돌아볼 틈도 없다

차라리 역주행을 하면 얼마나 좋으랴

흑백사진 같은 아련한 어린 시절로

세월의 황량한 벌판을 역질주 해버리면 얼마나 좋으랴.

낯선 귀로(歸路)

몽유병 환자는 아닌데

이따금씩 깊은 밤에

홀로 캄캄한 숲길을 찾는다

손전등마저 끈 채

아무 생각 없이 심야 산길을 걷노라면

어느새 나무이고 싶고 풀잎이고 싶고 꽃이고 싶어진다

그대를 찾아가고 싶은 마음보다

찾아올 당신을 가만히 맞이하고 싶어

차라리 나무, 풀잎, 꽃잎이 되고 싶은 거지

아 싱그러운 저녁 풀 내음

아카시아 꽃 향기와 밤 꽃 향기도 풍기고

새들도 잠들어버린

심야의 숲속에 당신은 과연 오실는지

이 밤이 지나면 봄날도 갈 텐데

봄날이 가면 여름이 올 테고…

나는 언제까지 이곳에 있어야 하는가

그리고 내 안에 가을이 오기 전

다시 사람이 되어

집으로 돌아와야 하는 나는 누구란 말인가.

달빛 향기

장미가 꽃잎을 떨어뜨릴 때는 눈물을 흘려요
장미가 꽃잎을 잊으려 눈을 감을 때는 별들이 떠요

그리운 그대여
나의 노래는 꽃향기가 되리
그대 잠든 창가에 달빛이 되리
텅 빈 길목에서 다가오는 발자국 소리
창문을 열고 난
밤새 당신 숨소리 들을래요

당신의 노래는 달빛을 타고
외로운 가슴을 적셔요
우리의 사랑 깊어가는 푸른 밤
숨 막히는 달빛 향기여.

별

불 꺼진 방에 별이 찾아왔어요

방황하는 별들은 길을 찾는다기에

나 역시 떠돌이 별이 되어 함께 길을 떠났어요

지금 쓰라린 고독의 잔을 마시는 이여

홀로 두 볼에 차가운 눈물을 흘리고 있는 이여

어디에 있나요 누굴 찾나요

풀잎의 이슬, 달팽이 눈물도

이젠 사랑의 별이 되리니

아, 별들이 사랑이 되는 밤, 눈이 부셔요

외로운 별, 떠돌이 별

사랑이 별빛이 되는 순간

황홀한 밤, 눈물이 별이 되는 밤.

가을 연가

코스모스 향기가 코끝 스치면

어느새 들녘엔 갈대꽃들이 피고

산에는 그대 입술 같은 붉은 단풍

석양 노을 빛 비추는 가을길을 걷노라면

문득 곁에 있어준 그대 생각

내 마음의 나뭇잎이 떨어질 때까지

내 마음의 갈대들이 다 잠들 때까지

그대만을 헤아리겠어요

사랑은 가을처럼

그리움은 갈대처럼

오직 그대, 내 마음의 별이여

아무리 흔들어도 내 사랑 꺾지 않으리

비바람에 어쩔 수 없이 꺾인다 해도
그대 향한 촛불은 끄지 않겠어요

기나긴 가을빛 밤새워 노래하다가
그대와 함께 겨울을 맞고 싶네요.

금강산

비단 옷소매 바람에 휘날리며

서 있을 것만 같던

당신의 모습이

내 눈엔

왜 그리도 삭막한지요

병풍보다 더 아름답다던 만물상과

하늘의 연못 같다던 상팔담이

내 가슴엔

왜 이리도 차가운지요

산에만 오면 어려지고

폭포 앞에 서면

가슴 터지는 청년이던 나

구룡폭포 앞에선

왜 이리 가슴이 미어지고

서글픈 눈물만 흘러내릴까요

내 마음 아는지 모르는지

무심한 얼굴 금강산

무정한 대답 구룡폭포.

바람의 언어

오늘 밤
바람의 소리는 들어왔지만
바람의 첫 언어를 듣습니다
네 인생도 이젠 가을 산을 닮았노라고

아직 가을이 문턱에 서 있는데
벌써 산속에선 단풍을 만드는 소리가 들려오고
그 바람의 언어에 동글동글 여문
밤알들이 톡톡 떨어지고 있습니다

머지않아 가을바람에 우수수 떨어질 가랑잎들은
떨어진 밤알들을 덮어줄 것이며
또 다시 바람의 언어는 꿈을 꾸는 밤알들에게만
내년 봄 밤나무의 새싹으로 태동하게 할 것입니다

나는 오늘 밤에야 바람의 언어를 들었습니다
떨어지는 밤알과 바람에 굴러가는 마른 잎새들
모두가 나의 삶입니다

겨울이 오면 나는 다시 바람의 언어를 듣겠습니다
삶과 죽음이 악수하는 계절에
다시 바람의 새 언어를 듣고
저 산 너머 새로운 영토에서
다시 태어나는 꿈을 꾸겠습니다.

우정

내 마음의 반쪽 그대가 가지고
그대 마음 반쪽 내가 가질 수 없나요

내가 죽어서도 끝까지 내 이름을 가슴 속에 묻고
나를 기억해줄 당신

나는 강을 건너지 못한다 하여도
기꺼이 돛배를 그대에게 내어주며
나의 소식 전하여달라고
웃으며 손 흔들 수 있는 길 위의 벗

강변에 서서 혼자 밤을 맞고
달빛 부서지는 갈대밭 사이로
차가운 바람이 불어올 때

어두운 저녁 강물을 가르며

다시 돛배를 타고 나에게로 돌아와

아무 말 없이 차가워진 몸 안아주며

흐느껴 울어줄 수 있는 이여

그대는 저 달빛 부서지는 강물 건너

어디쯤에서 오고 계시는가.

영원한 청춘의 푸른 가객이여*

목포의 검은 밤바다 위로 푸른 달빛 쏟아질 때
항구의 배들은 눈을 감고 잠이 들고
유달산의 바위는
가슴에 천년의 바람 소리를 새기고 있습니다
최고의 명성과 덕망을 갖춘
명문가의 아들로 태어나 자랐지만
가슴에 꿈틀대는 예술의 꿈을 감출 수 없었던 소년

집안의 부와 명성을 뒤로하고
오직 예술을 향한 꿈과 열정의 별빛을 따라
서울로 상경하여 가수로 데뷔한 후
폭풍처럼 몰아치는 사나이의 박력과 무대 매너로
1970년대 가요계의 별이 된 남진
그 찬란한 별빛이 가장 아름답게 타오르던 순간

해병대 청룡부대에 입대하여 베트남 전쟁에 참전한
사나이 중의 진짜 사나이

격동의 역사, 어둠의 파도는 님을 멀리 떠나보내려 했지만
님의 가슴에서 지울 수 없었던 음악 혼의 별빛은
오히려 더 크고 드넓은 은하수 되어
한 시대를 뒤덮는 가요계의 전설, 영원한 오빠로 불리며
회오리치는 남진의 시대를 일으켰으니

님이여, 한국 대중음악의 살아 있는 전설이여,
가난하고 외로웠던 시절
우리의 허름한 영혼의 헛간을
사랑과 웃음, 꿈과 희망의 노래로 채워준
청춘의 푸른 가객이여

님의 빈 잔으로 인하여
우리의 외로운 가슴 따뜻한 위로로 채울 수 있었고
당신의 둥지로 인하여
허공의 지친 날개를 접으며 잠시 쉴 수 있었으니

아, 이제야 당신을 처음 만나던 날
꿀 먹은 벙어리가 되었던 이유를 알았습니다
님이 회중 한가운데 앉아 있을 때
설교를 하며 헤매였던 이유를 알겠습니다

이제 지상의 사랑을 넘어 천상의 사랑을 노래하는
님의 시와 노래와 춤으로 인하여
밤의 잿빛 구름에 가린 별들이 다시 빛을 밝히고

새벽 서리에 쓰러져가던 들판의 야생화들이

다시 꽃을 피우리니

한국 가요사의 서판에 불멸의 전설로 기록될

영원한 청춘의 이름이여

그 어떤 세월의 바람에도 지워지지 않을 사랑의 노래여.

* 가수 남진은 필자가 섬기는 교회 장로이다.
그를 만난 후부터 나의 문화예술적, 창의적 스펙트럼이 깊고 넓어진 것을 느낀다. 지금도 여전히 다른 어떤 수사보다 영원한 오빠로 불리는 것을 가장 행복해하는 사나이 중의 사나이! 언제나 푸른 청춘! 한국 대중가요사의 불멸의 전설인 남진을 사랑하고 존경하는 마음으로 썼다.

청춘의 시 푸른 바람의 노래여*

붉은 낙조 꽃처럼 저무는 바다
갈대밭에 홀로 서서 바람의 노래를 가슴에 담으려
작은 손을 내밀던 한 소년
소년의 두 눈동자와 심장 속에 새겨진
바람의 하프, 사랑과 시와 노래의 음유

아, 한국 대중음악사의 불멸의 전설, 조용필
파이브 핑거스라는 이름으로 미 8군 무대에 데뷔하여
오늘의 위대한 탄생이 있기까지 님의 노래는
길가에 버려진 돌멩이를 적시는 보드라운 봄비가 되고
풀잎의 상처를 어루만지는 들녘의 바람이었으며
혼자 잠드는 외로운 이의 창가를 비추는 샛별이 되었으니

외롭고 고독한 광야의 나날

그 광야에서 받은 상처는 다시 노래로 꽃을 피우고
우리는 님의 노래가 피워놓은 꽃 화로에서
밤의 적막 속 얼어붙은 추운 몸을 녹이며
웃고 울고 춤추고 위로하며 밤을 지새웠지요

아, 고독의 꽃잎으로 피어난 당신의 노래가
상처 입은 우리의 가슴에서 들려지고 또 들려지며
아스라이 빛나는
영혼의 등불을 밝혀주었다는 것을 아시나요

이제 데뷔 50주년을 맞아
꽃잎에 시를 새겨 님께 보내드립니다
시든 꽃은 차가운 이슬을 맞아도 떨지 않고
쓰러진 나무는 바람에 흔들리지 않지만

님의 노래는 영원히 시들지 않는 꽃이 되어 향기롭고

뿌리 깊은 나무 되어 우리의 그늘이 되어주리니

조용필,

별의 가슴에 새겨진 불후의 명곡이여

창밖의 봄비 되어 내리는 청춘의 시여

은빛 갈대 흔들며 불어오는 푸른 바람의 노래여!

그 바람을 타고 세상의 무대를 넘어

저 대기권 밖으로까지 푸르게 울려 퍼지고

메아리쳐가거라.

---

* 조용필 데뷔 50주년을 맞아 쓴 헌시이다.
그는 한국 대중가요사의 빛나는 별이며 가왕이다. 서울 잠실종합운동장 올림픽주경기장에서 열린 콘서트 중 폭우가 쏟아지는데도 5만 명이 넘는 관객들이 한 사람도 가지 않고 혼연일체가 되어 노래하는 장면을 지켜보며 그의 예술적 투혼과 카리스마에 큰 감동을 받았다.

J에게*

J, 그대를 만난 것은 꿈속이 아니었습니다
내 청춘의 가을,
황야의 가슴으로 시내버스를 타고 가던 어느 날
해 지는 들녘 위로 번져가는 노을처럼
그대와 시선이 마주친 순간
깊은 숲속에서 불어오는 세미한 바람처럼
귓가에 울리며 가슴이 전율했던 순간을 기억하시나요

고독의 극지를 걷고 있던 시절
지친 청춘의 가슴을 울리던
이 세상에 전혀 없던 대기권 밖 천상의 목소리
꽃을 꺾어 들고 지평선 너머로 달려가던 바람의 소네트

가야 할 거친 들길이 있고

올라가야 할 붉은 고원의 땅이 있기에
그 순간의 향기만 간직하고 있었을 뿐
그 꽃을 가슴에 품고 걸을 수는 없었던
가난하고 외로웠던 청춘의 나날

어느덧 세월의 강물이 흘러 그대를 잊은 듯하였으나
외로움과 고독의 밤마다 흐린 별빛으로 찾아와
꽃처럼 피어나는 별빛의 노래와 사색의 등불이 되어
고독하고 험난한 밤길을 지켜주었으니
아, J 그대여, 깊은 골짜기에 피어난 한 송이 백합화여
가슴의 호수에 파도를 일으키는 예술 혼의 거친 파문이여

20대 청춘의 시절, 시내버스에서 만났던 그대가
내 영혼의 전부인 J와 해후하며

다시 꽃을 건네주고 있어요

다른 길을 걸어온 듯하였지만 언제나 함께였고

다른 사랑이었던 것 같지만 그 사랑도 하나였기에

오늘도 J, 그대가 건네준 꽃다발 가슴에 품고

별처럼 수많은 사람들 중에 만난 것을 감사하며

내 영혼의 J 안에서

하얀 안개꽃 미소 지으며 행복한 노래 부르네요.

---

* 〈J에게〉를 처음 들었던 것은 1984년 어느 시내버스 안에서였다. 20대 푸른 청춘의 나날, 홀로 거친 운명과 맞서 싸우며 시골 벽촌에서 맨주먹으로 교회를 개척하던 시절이었다. 그때 들었던 〈J에게〉는 나의 서정적 그리움인 동시에 내가 섬기는 주 예수님의 아름다운 상(像)으로 남아 있다.

꽃송이 하나로 평화의 봄이 오게 하소서*

동방의 달빛이 안개 자욱한 호반의 물결 위로 뜨는 밤

저 백두대간의 허리를 끊고 순백의 심장을 찢었던

그날 새벽의 포성에

한 형제, 한 동포가 서로를 향하여

총을 겨누고 창검을 찌르며

봄을 빼앗긴 채 보내야 했던 통곡과 광폭의 기나긴 겨울

그 겨울 끝자락 아직도 통곡의 메아리는

조국 산야에 울려퍼지고 있고

동족상잔의 비극적 수레바퀴는

민족의 광야에 핀 들꽃들을 무참히 짓밟으며

잔혹한 분단의 상처는 바람의 날선 칼날이 되어

가녀린 백의민족의 허리를 베어왔는데

또다시 북한의 핵 도발이 전쟁위기의 폭풍이 되어

4월이면 어두운 전운의 먹구름이 드리우리라 하던 때

평창의 설원 위에서 평화의 설국열차가 출발하였고
그 평화열차는 남북 평화 협력 공연의 꽃길을 따라
통일 열차가 되어 은빛 레일 위를 달리기 시작하였으며
2018 남북정상회담의 꽃송이를 피우게 되었으니
이 어찌 하나님의 은혜와 섭리의 손길이 아니리오

주여, 2018 남북정상회담을 통하여
민족의 광야에 평화의 무지개가 떠오르게 하소서
저 끊어진 철길을 따라 백두에서 한라까지
향기로운 화해의 꽃길이 열리게 하소서

미움과 증오의 말 폭탄이

용서와 화해의 꽃향기가 되게 하시고
냉혹한 전운의 기운이
보드라운 평화의 꽃잎들이 되게 하시며
남북정상회담이 화평의 꽃송이가 되어 그 꽃송이로 인해
남북의 들녘에 평화의 봄이 오게 하소서
저 얼어붙은 북미 간의 겨울산에도
그 꽃송이 하나로 새로운 봄이 오게 하소서

4.27 남북정상회담이여!
이제는 위장된 평화가 아닌
진정한 봄을 오게 할 꽃송이여!
새봄의 황금서판에 눈부시게 새겨질
불멸의 사랑과 용서, 화해의 대서사시여!
상처와 긴장, 불면의 겨울밤을 지나

치유와 화평의 봄을 깨우는

봄꽃 전령사의 가슴 부풀게 하는

종전(終戰)의 발자국 소리여!

---

* 2018년 4월 27일 남북정상회담을 앞두고 국회에서 열린 '한반도 평화통일과 남북정상회담 성공을 위한 금식기도회'에서 낭독한 시이다.

새벽길에 핀 꽃

인생의 무거운 짐이 그대 삶을 짓누를 때
막다른 절벽 끝에서 삶을 포기하려던 적 있었나요
아무리 외쳐도 외로운 기다림
잠 못 드는 밤 가슴 치며 울고 있었나요

삶의 무게와 슬픔이 어깨를 짓누르고
바람 부는 거리에 홀로 주저앉히려 해도
그 목마른 사랑과 기나긴 그리움 끝에서
누군가 다가와 그대의 손을 잡아주리니

심장이 뛰는 한 포기하지 마세요
젖은 눈동자로 달빛 부서지는 산을 보세요
변함없이 그대를 바라보고 있잖아요

시린 가슴으로 떠나는 첫 새벽길

그대라는 아름다운 꽃이 피어날 테니까요.

영혼의 숲, 사랑의 꽃밭

– 소강석의 시 세계

유승우
(시인, 인천대학교 명예교수)

1. 들어가는 말

T. S. 엘리엇은 20세기를 황무지에 비유했다. 황무지란 초목이 없는 땅, 곧 사막이다. 그러면 도대체 무엇이 풀 한 포기 없는 사막이란 말인가. 문학의 영원한 주제는 인간이고, 인간은 동물성 육신과 식물성 영혼의 결합이니 당연히 식물성인 인간 영혼을 황무지에 비유한 것이다. 그러면 21세기 인간 영혼은 어떠한가. 황무지가 변하여 푸른 초장이 되었는가, 아니면 더욱 황폐한 땅이 되었는가.

사람(人)과 글(文), 인문(人文)은 한 몸이다. 인(人)은 공간에 존재하는 육신의 상형이고, 문(文)은 보이지 않는 마음의 상형이다. 원래 글월 문(文) 자는 사람의 몸에 심장을 그려 넣는 모습을 상형한 글자다. 좀 더 자세히 말하면, 죽은 사람의 가슴에 심장을 그려 넣음으로써 부활을 기원하는 의식의 한 과정이었다고 한다. 그러니까 글은 사람의 심장, 사랑의 마음이다.

그중에서도 시는 영혼의 꽃이며, 열매이다. 꽃은 식물이 피워내는 생명의 발화이며, 열매는 그 꽃이 맺은 결실이다. 인간의 영혼은 식물성이라 생명의 꽃을 피우고, 그 결실로 예술작품이란 열매를 맺는다. 식물성인 영혼은 동물성인 육신처럼 죽어 없어지지 않는다. 그러나 영혼은 잠들면 활동하지 않는다. 잠든 영혼을 깨워 일으켜 활동하게 하는 것을 흥(興)이라 하고, 이 반대말은 망(亡)이다. 영혼이 깨어 있는 개인이나 집안이나 국가는 흥하고, 영혼이 잠들면 망할 수밖에 없다. 일찍이 공자는 이 진리를 알고, "시에서 영적 감흥(感興)이 깨어 일어나고, 그 감흥을 예(禮)라는 형식으로 세우고, 영적 교감이라는 즐거움(樂)에서 생명이 완성된다(興於詩

立於禮 成於樂)."고 했다. 그래서 시적 감흥 속에 사는 시인의 영혼은 육신이 죽은 뒤에도 떠돌이가 되지 않고 독자와 만난다. 우리가 지금도 만해 한용운와 윤동주를 만나고, 심지어 조선 시대의 윤선도와 황진이까지 만나서 영적 교감을 할 수 있는 까닭은 시가 시인의 영혼이 살고 있는 영혼의 집이기 때문이다.

소강석 시인의 새로운 시집 《사막으로 간 꽃밭 여행자》는 그 표제부터가 21세기를 살고 있는 시인의 사명감을 드러내고 있다. 시인은 오늘날 인간 영혼의 황량한 사막을 꽃밭으로 가꾸어야 할 사명이 있기 때문이다. 나아가 목사로서의 사명까지 짊어진 '꽃밭 여행자' 소강석 시인의 행적을 따라가 보기로 한다.

2. 상처에서 피어나는 그리움의 꽃

성경에서는 "태초에 하나님이 천지를 창조하시니라"(창세기 1:1)라고 했다. 하나님이 태초에 하신 일이 '창조'라는 것이다. 창조는 '새로 짓'는 것이다. 그래서 하나님이 하신 일은 조물(造物)이고, 하나님은 조물주(造物主)이시다.

하나님은 '하나님의 형상'대로 사람을 지으시고, 사람에게 '새로 짓'는 일을 사명으로 주셨다. 그러나 하나님이 사람에게 주신 사명은 창조가 아닌 창작(創作)이다. 창작의 기본은 작문(作文)이며, 작문의 핵심은 작시(作詩)이다.

작시의 가장 중요한 요소는 상상력(想像力)이며, 상상력은 '그리는 힘'이다. 그런데 이 그리는 힘은 '없음(無)'을 느낄 때 더욱 풍부해진다. 마음속으로만 그리는 것은 '그리움'이고, 선과 색채로 그리면 '그림'이 되며, 말로 그리면 '시'가 된다. 그래서 C. D. 루이스는 "시적 이미지는 말로 그린 정열적 그림"이라고 정의했다. 그리움은 곧 사랑이다. 그러니까 모든 '시와 노래와 그림'은 그리움의 꽃이며, 사랑의 열매이다. 곧 영혼의 열매인 것이다.

차마 고백하지 못한 사랑이 시라면
밤새 뒤척이는 달빛 그리움도 시라면
봄밤, 홀로 잠드는 우물가의 찔레꽃이여
소금처럼 하얗게 밀려오는 해변의 파도여

이 밤도 내 가슴을 푸르게 멍들게 하나요

만날 순 없지만 한 하늘 아래 함께 있어

빈 가슴을 저리게 하는 그리움이여

아, 달빛 그리움이 눈물이 되고

눈물이 녹아서 시가 될 때

우리 시가 되면 만나요

사랑의 시가 되어 만나요.

-〈달빛 서시(序詩)〉 전문

위의 시는 시집 《사막으로 간 꽃밭 여행자》의 서시이다. 사막이 되어버린 인간 영혼을 꽃밭으로 가꾸고 싶은 사람이 바로 '꽃밭 여행자'이다. 꽃이 만발하고 숲이 우거진 곳에는 꽃밭 여행자가 필요하지 않다. 꽃밭 여행자는 풀 한 포기 없이 메마른 모래 속에 숨은 전갈과 독사 들이 사람의 목숨을 노리는 곳으로 가야 한다.

시인은 〈들어가는 글〉에서 "꽃을 피우는 건 춤추는 나비가 아닐까. 그래서 나는 꽃을 피우기 위해서 춤을 추었을 뿐만 아니라 꽃향기를 따라 여행하였다. 그러다 문득 내가 서 있는 곳이 사막이라는 것을 알게 되었다. 사막으로 간 꽃밭 여행자의 사랑과 그리움, 그것이 나의 시이다."라고 고백한다. 목사이며 시인인 소강석이 '꽃밭 여행자'가 되어 황폐한 영혼을 꽃밭으로 가꾸겠다는 것이다.

1장의 표제는 '그리움, 상처'이다. '상처'는 '그리움'의 인과(因果)이다. 상처로 인해 그리움이 있고, 그리움으로 인해 상처가 생기기 때문이다. 위의 시에서도 "차마 고백하지 못한 사랑"의 상처로 인해 "달빛, 우물가의 찔레꽃, 해변의 파도"에 대한 그리움의 꽃이 피고, 이 그리움의 꽃이 다시 "내 가슴을 푸르게 멍들게" 하는 상처가 되어, "아, 달빛 그리움이 눈물이 되고/눈물이 녹아서 시가 될 때/우리 시가 되면 만나요/사랑의 시가 되어 만나요."로 마무리된다. 시가 영혼이 피워내는 꽃이라고 할 때, 아픈 상처에서 아름다운 서정시가 피어나는 것은 당연하다.

아버지를 생각하는 나의 유년의 뜰엔
항상 함박눈이 내리고 있습니다
어린 시절 술만 드시면 포악해지는 아버지

어머니를 향한 무서운 호통 소리가

어린 가슴을 조여들게 하였지만

어머니를 지켜주고 싶었지요

아버지의 손을 잡고 별 아양을 다 떨어도

내심으론 아버지를 증오하였습니다

그토록 증오하면서도 어머니를 위해

밤새 아버지 옆에서 거친 손을 잡고 잠들어야 했던

어리고 슬픈 소년

그러다가 함박눈이 내리던 새벽녘

소년의 몸이 불덩이가 되었을 때

아버지는 아들을 등에 업고

눈길을 단숨에 달려

이웃 마을의 간이 약방에 도착해서야

아들을 내려놓고 급한 숨을 몰아 쉬셨지요

소년은 지금 그 아버지의 나이를 지내면서

눈 내리는 날의 아버지와 시선을 마주합니다

허리가 휘도록 키우고

애끓는 심정으로 뒷바라지를 해주어도

부부싸움을 하면 언제나 엄마 편이 되어버리는

내 아이들을 바라보며 나는 이제야

아버지 편이 되어 봅니다

오늘도 나의 눈앞에는

아버지께서 함박눈을 맞은 모습으로

말없이 서 계십니다.

-〈눈 내리는 날의 아버지〉 전문

'인간'의 우리말은 '사람 사이'이고, 모든 상처는 '사람 사이'인 인간관계에서 비롯된다. 위의 시는 부자지간에서 온 상처를 "아버지를 생각하는 나의 유년의 뜰엔/항상 함박눈이 내리고 있습니다"라는 이미지로 형상화하고 있다. 시인의 '유년의 뜰'은 추억 속에만 존재하는 시간적 고향이다.

이 시의 시간적 배경은 "내심으론 아버지를 증오하는" 미움의 고드름이 돋아나는 겨울철로 그려져 있다. 영혼의 꽃이 위축되었던 "어리고 슬픈 소년"의 상처는 "함박눈이 내리던 새벽녘/소년의 몸이 불덩이가 되었을 때/아버지는 아들을 등에 업고/눈길을 단숨에 달려"간 추억으로 온기가 도는 듯하다. 그래서 시인은 "부부싸움을 하면 언제나 엄마 편이 되어버리는/내 아이들을 바라보며 나는 이제야/아버지 편이 되어봅니다"라고 고백하고 "오늘도 나의 눈앞에는/아버지께서 함박눈을 맞은 모습으로/말없이 서 계십니다."로 시를 마무리한다.

인간에겐 두 개의 고향이 있는데, 육신이 태어난 공간적 고향과 영혼이 때 묻지 않은 유년이란 시간적 고향이다.

인간은 누구나 고향을 그리워하는 향수를 지니고 있다. 공간적 고향에는 다소의 노력을 하면 돌아갈 수 있으나, 시간적 고향인 유년으로는 아무도 돌아갈 수 없어 향수가 깊어진다. 소강석의 시간적 고향인 '유년의 뜰'은 함박눈이 내리는 겨울철이다. 향수의 꽃이 피어날 수 없는 계절이지만, 불덩이가 된 "아들을 등에 업고/눈길을 단숨에 달려"간 아버지의 사랑의 끈은 한겨울에도 향수의 꽃을 피어나게 한다.

행여 속절없이 빨리 진다고

눈물짓지는 마세요

새벽부터 기쁜 소식을 전한다고

나팔을 부느라 지치고 곤한 영혼

본래 희년의 나팔은
한나절만 불어도
50년의 행복을 가져다주었듯이

나 역시 당신의 행복을 위해 피고
사명 다하면 하얗게 지는 거죠
나의 사명의 숨결마저 그치면
또 다른 나팔수가 당신의 행복을 위해
새벽 나팔을 불어드릴 거예요.

-〈나팔꽃〉 전문

저절로 그렇게 되는 자연은 조화의 세계이다. 밤의 어둠이 물러가지 않겠다고 버티지도 않으며, 아침의 햇살이 어둠의 가슴을 찔러 피를 흘리게 하지도 않는다. 또한 자연의 기운은 소리 없이 잘 어울린다. 솔방울이 잣송이를 시기하지 않으며, 사과가 배를 보고, 색깔이 다르다고 차별하지 않는다.

아름다운 시의 나라다. 밤과 낮이 소리 없이 교감하고, 어둠과 밝음이 어울려 사귄다. 자연의 힘은 서로 버티어 겨루지 않고 잘 어울린다.

위의 시 〈나팔꽃〉은 그런 자연의 기운이 어울려 피워낸 생명의 꽃이다. 다시 말해 자연의 사물이다. 자연의 공간에는 하나님이 지으신 자연의 사물이 존재하고, 인간의 마음속엔 말씀이 존재한다. 이 말씀은 "여호와 하나님이 땅의 흙으로 사람을 지으시고 생기를 그 코에 불어 넣으시니 사람이 생령이 된지라"(창세기 2:7)의 생령이다.

하나님이 말씀으로 천지를 지으신 것처럼 말씀으로 짓는 언어예술이 바로 작시(作詩)이다. 작시는 공간에 존재하는 실물(實物)에 새로운 이름을 지어주는 작명(作名)이다. 성경에는 하나님이 지으신 생물을 "그에게로 이끌어 가시니 아담이 각 생물을 부르는 것이 곧 그 이름이 되었더라"(창세기 2:19)라고 했다. 공간에는 실물이 존재하고, 마음속에는 사물의 이름, 곧 명물(名物)이 존재한다.

나팔꽃은 꽃의 모습이 나팔 같다고 해서 우리 겨레가 지은 이름이다. 시인의 상상력은 이 이름에서 나팔의 기능을 연상

해, "행여 속절없이 빨리 진다고/눈물짓지는 마세요/새벽부터 기쁜 소식을 전한다고/나팔을 부느라 지치고 곤한 영혼"이라는 이미지를 형상화한다.

예로부터 시인은 하늘의 뜻을 나팔 부는 사명자 역할을 맡았다. 고대 중국의 상(商)나라에선 시인을 정인(貞人, 곧은 사람), 《시경》에서는 축(祝, 기도)이라 불렀다고 한다. 또한 고대 그리스에서는 시를 신탁(神託), 시인은 영매(靈媒)라고 표현했다. 신의 뜻을 전하는 사자(使者)라는 뜻이다.

그렇다면 위의 시 〈나팔꽃〉은 목사이면서 시인인 소강석의 자화상이다. 그래서 "나의 사명의 숨결마저 그치면/또 다른 나팔수가 당신의 행복을 위해/새벽 나팔을 불어드릴 거예요."라고 시를 마무리하는 것이다. 오직 영혼의 꽃밭을 가꾸는 사명으로 "나 역시 당신의 행복을 위해 피고/사명 다하면 하얗게 지는 거죠"라고 말하는 목사 시인의 절규가 자못 엄숙해 보인다.

황무지를 거닐며 꽃씨를 뿌릴 때
눈물이 바람에 씻겨 날아갔지

봄을 기다리는 겨울나무처럼

가슴에 봄을 품고 황야의 지평선을 바라보았어

잠시 꽃밭을 순례하고 싶어

벚꽃나무 아래서 하얀 꽃비를 맞으며 섰을 때

꽃잎은 나에게 보내어진 연서였음을 알았던 거야

(중략)

눈물은 이슬이 되고

이슬은 다시 꽃잎으로 피어나리니

나도 하나의 꽃잎이 되어 그대의 창가로 날아가고 싶어

노을 물드는 꽃밭에 꽃잎으로 떨어지고 싶어.

-〈꽃밭 여행자 1〉 1, 4연 발췌

꽃밭을 여행했으면 사막으로 가라

사막을 다녀왔으면 다시 꽃밭으로 가라

꽃밭의 향기를 사막에 날리고

사막의 침묵을 꽃밭에 퍼뜨리라

꽃밭에는 사막의 별이 뜨고

사막에는 꽃밭의 꽃잎이 날리리니.

-〈꽃밭 여행자 2〉 전문

예술작품의 창작에서 중요한 것은 '무엇을' '어떻게' 형상화하느냐이다. 여기서 '무엇을'은 작품의 내용, '어떻게'는 작품의 형식이다. '형식'은 시인의 작품마다 새로울 수밖에 없어 예술작품의 가치평가는, 어떻게 형상화했는지 형식적 평가를 할 수밖에 없다. 다시 말해 새로운 이미지의 형상화야말로 시의 창작인 것이다.

위에 인용한 두 편의 시는 2장 '꽃밭 여행자'의 표제작이다. 2장은 꽃을 주제로 한 시 27편으로 구성되어 있다. 그렇다면 이 시집은 '꽃밭 여행자'의 행적의 이미지, 그 자체라고 할 수 있다.

위의 시 〈꽃밭 여행자 1〉은 "황무지를 거닐며 꽃씨를 뿌릴 때/눈물이 바람에 씻겨 날아갔지"로 시작한다. 황무지를 꽃밭으로 가꿔야 할, 목회자로서 현장에서 느낀 사명감을 시적 정서로 표현했다. 그다음, "봄을 기다리는 겨울나무처럼/가슴에 봄을 품고 황야의 지평선을 바라보았어"라는 구절은 영혼의 부활을 기다리는 간절한 소망의 이미지이며, "잠시 꽃밭을 순례하고 싶어/벚꽃나무 아래서 하얀 꽃비를 맞으며 섰을 때/꽃잎은 나에게 보내어진 연서였음을 알았던 거야"는 영혼 사랑의 종교적 관념을 시적 정서로 은유하고 있다.

I. A. 리처즈의 "시적 상상력이 열등한 시인은 은유를 직유로 추락시킨다"는 말마따나 은유는 시적 비유의 핵심이다. 소강석의 시에서 '사막'이나 '황무지'는 현대인의 황폐한 영혼에 대한 은유이며, '꽃밭 여행자'는 목회자의 은유이다. 그 결과, 인간 영혼을 사랑하는 목회자를 꽃을 사랑하는 '꽃밭 여행자'로 은유하고, 목사 시인의 사명을 "꽃잎은 나에게 보내어진 연서"로 은유한 것이다.

꽃과 연애하는 시인은 곧 영혼 사랑에 빠진 목사 자신이다. 그래서 목사 시인으로서의 종교적 관념을 "눈물은 이슬이 되고/이슬은 다시 꽃잎으로 피어나리니"의 믿음으로 "꽃밭의 향기를 사막에 날리고/사막의 침묵을 꽃밭에 퍼뜨리"는 사명을 감당하는 '꽃밭 여행자'가 되겠다는, 굳은 의지의 시적 이미지로 표상한다.

3. 원형에 대한 향수의 형상화

'시는 신화(神話)이다'라는 말은 시의 내용, 즉 '무엇을 표현한 것인가'라는 물음에 대한 답이다.

그렇다면 신화란 무엇인가. 신화 연구가들에 의하면 신화는 ①신들의 이야기, ②신과의 대화, ③신의 말씀이라고 정의할 수 있다.

위의 세 가지 신화의 의미 중에서 시의 내용이 되는 것은 ②신과의 대화이다. '신과의 대화'가 시의 내용이라면, 시인은 신을 만나서 신의 말씀을 들을 수 있어야 할 것이다. 그렇기 때문에 시인과 종교인은 같은 차원이라고 할 수 있다. 종교인은 신의 말씀을 듣고, 신의 뜻에 순종하고, 신의 뜻을 실천하는 사람이다. 시인(詩人)이 아니라 시인(侍人)인 셈인데, 이 두 가지 역할을 소강석이 모두 맡고 있는 것이다.

1

너에게 뭘 하겠다는 건 결코 아니었어
그냥 너 자체만으로 좋았던 때
사랑이 꽃 필 무렵이었지

누가 가르쳐주지 않고

누구의 손길도 미치지 않았지만

스스로 홀씨가 흩날리고 싹이 나고

숲이 생기고 그 안에서 꽃이 피고

그러다가 다시 꽃이 지고 또 피어나고…

2

인생은 짧고 예술은 길다고 했던가

그 예술혼은 세월 속에서 성숙하고

그걸 불태우던 삶은

세월 속에서 사라지고

또 다른 사람에 의해서 또 피어나고 성숙되고

그래도 사라진 삶은 기록이고 역사고

예술의 연속이었는데

그 모든 건 여전히 원시림에 남아 있다

3

도회지의 삶은 처절하다

자신을 위해 집을 짓고 도로를 내고

다리를 놓고 아스팔트를 깔고

공원을 만들고

이젠 너에게 뭔가를 꼭 해보겠다는 거지

세월이 흐르면 모든 욕망은 먼지가 될 텐데

4

나는 오늘에야 다시 원시림을 찾았다

그냥 너 자체만으로도 좋았던 때

욕망을 버린 사랑, 예술, 만남…

선악이 없는 이곳에서의 모든 행위는 죄가 아니다

그냥 너를 사랑할 뿐이다

비록 나이 먹고 오래되었을지라도.

-〈원시림〉 전문

신과의 대화를 나눌 수 있으려면 신과 같은 등신(等神)이 되어야 한다. 시(詩) 정신이란, 말(語)에서 내(吾)가 죽고, 그 자리에 절대적인 공간인 신전(寺)을 세워 에덴으로 돌아가

려는 마음가짐이다. 시의 나라에 대한 동경이나 에덴에 대한 향수가 바로 시 정신이다. 시 정신은 곧 신과의 교감을 할 수 있는 마음의 자세다. 종교와 예술이 만나 대화하는 창작 신화는 오로지 시에 의해서만 가능하다.

인간이라는 의식이 성숙하기 이전의 사회에서는 그 언어 자체가 시이기 때문에, 모든 사람이 시인이었다. 이 말은 에덴 동산에서 아담과 하와는 시를 통해 하나님과 대화했다는 것을 뜻한다. 원시언어는 리듬과 은유가 어울린 신비이기 때문이다.

위의 시 〈원시림〉은 식물들과도 대화할 수 있는 '시의 나라'이다. 그때는 "너에게 뭘 하겠다는 건 결코 아니었어"에서처럼 인위가 깃들지 않은 "그냥 너 자체만으로 좋았던 때"였고, "사랑이 꽃 필 무렵이었"으며, "스스로 홀씨가 흩날리고 싹이 나고/숲이 생기고 그 안에서 꽃이 피고/그러다가 다시 꽃이 지고 또 피어나고…" 하는 자연의 세계였다. 자연의 세계는 "그 예술혼은 세월 속에서 성숙하고/그걸 불태우던 삶은/…사라지고/…피어나"는 역사를 반복하지만, "그 모든 건 여전히 원시림에 남아 있다". 시인은 이 시를 통해 영혼의 숲인 시의 나라를 원시림의 이미지로 형상화하고 있다.

자연은 무위(無爲)이며, 그 반대는 인위(人爲)이다. 시인은 원시림의 반대 개념으로 "자신을 위해 집을 짓고 도로를 내고/다리를 놓고 아스팔트를 깔고…"를 일삼는 도회지를 들고 있다. 그리고 "세월이 흐르면 모든 욕망은 먼지가 될 텐데"라고 인위의 조작을 헛된 일이라고 설파한다. 시는 언어예술이다. 예술은 인위를 배격한다. 그렇기 때문에 마지막 연에서도 "욕망을 버린 사랑, 예술, 만남…/선악이 없는 이곳에서의 모든 행위는 죄가 아니다"와 같은 산문적 서술이 넘쳐난다. 언어예술인 시는 이미지 형상화가 중요하기 때문이다.

당신을 뵐 면목이 없습니다

참으로 오랜만에
그을린 장작개비 모습으로
당신 품에 왔습니다

당신의 푸르른 인애로

더러운 마음 씻어달라는 말조차
차마 나오지 않습니다

선행을 하면 얼마나 하고
탑을 쌓으면 얼마나 높이 쌓는다고
요란하게 살아온 삶이 부끄럽기만 합니다

이제 당신의 마음을 쌓게 해주십시오

다시 저 녹색 산바람으로
내 영혼 깊은 곳까지 씻어 내리어
세상 속에서 당신의 거대한 산을 이루게 해주십시오.

-〈산에 와서〉 전문

신의 체험은 지식이나 사상이 아니다. 지식이나 사상이라면 설명을 통해 이해할 수 있다. 그러나 종교나 예술은 이해가 아니라 느낌이며 체험이다. 교리를 이해한다고 해서 종교적 체험을 할 수는 없다. 마찬가지로 시와 음악과 미술도 이해하는 것이 아니라 느끼는 것이다. 예술은 감동이며 교감이다. 시인은 시를 음악처럼 느끼게 하려고 청각적 이미지를 만들고, 미술처럼 느끼게 하려고 시각적 이미지를 만든다.

현대인은 원형을 상실한 '무(無)'의 존재라고 한다. 인간이 상실한 원형을 상징하는 것이 '산과 숲'이며, 종교적으로는 '에덴 동산'이다. 위의 시에서 시인은 산을 의인화하여 "당신을 뵐 면목이 없습니다"로 시작한다. 그리고 "참으로 오랜만에/그을린 장작개비 모습으로/당신 품에 왔습니다"라고 고백한다. '그을린 장작개비'는 에덴에서 쫓겨난 인간, 곧 죄인(罪人)을 상징하는 이미지이다. 죄의 허물을 '그을린'으로, 죽은 나무인 '장작개비'를 사람에 비유한 것이다. 소강석은 인간이 상실한 원형에 대한 향수로 '새에덴교회'를 창립하여 목회하고 있지만, 그 마음은 "당신의 푸르른 인애로/더러운 마음 씻어달라는 말조차/차마 나오지 않습니다"라고 고백한다.

위의 시 〈산에 와서〉는 '사막으로 간 꽃밭 여행자'의 갈급한 심정을 형상화한 이미지이다. 이 시집에 수록된 시편들은 모두 "다시 저 녹색 산바람으로/내 영혼 깊은 곳까지 씻어 내리어/세상 속에서 당신의 거대한 산을 이루게 해주십시오."라는 간절한 바람(願)의 이미지이다.

우리가 호흡하고 있는 공기(空氣)는 '하늘 기운'이며, 기독교적으로는 '하나님의 숨결'이다. 하나님의 형상대로 지음 받은 사람(人)은 잠깐(乍)이라도 짓는 일(作)을 호흡하듯 멈추지 말아야 한다. 호흡을 멈추는 것은 죽음을 의미하기 때문이다. 하나님의 숨결인 공기가 이러한 바람(願)으로 바람(風)이 되어 숲속에 불고 있는 것이다.

이제 그 '바람의 언어'를 들어보기로 한다.

오늘 밤
바람의 소리는 들어왔지만
바람의 첫 언어를 듣습니다
네 인생도 이젠 가을 산을 닮았노라고

아직 가을이 문턱에 서 있는데
벌써 산속에선 단풍을 만드는 소리가 들려오고
그 바람의 언어에 동글동글 여문
밤알들이 톡톡 떨어지고 있습니다

머지않아 가을바람에 우수수 떨어질 가랑잎들은
떨어진 밤알들을 덮어줄 것이며
또 다시 바람의 언어는 꿈을 꾸는 밤알들에게만
내년 봄 밤나무의 새싹으로 태동하게 할 것입니다

나는 오늘 밤에야 바람의 언어를 들었습니다
떨어지는 밤알과 바람에 굴러가는 마른 잎새들
모두가 나의 삶입니다

겨울이 오면 나는 다시 바람의 언어를 듣겠습니다
삶과 죽음이 악수하는 계절에
다시 바람의 새 언어를 듣고
저 산 너머 새로운 영토에서
다시 태어나는 꿈을 꾸겠습니다.

-〈바람의 언어〉 전문

공기는 눈에 보이는 모습이 없는 하늘의 숨결이다. 이 공기는 자신의 존재를 보이고 싶어 바람이 되고, 이 바람은 계절을 바꾼다. 소강석 시인은 "오늘 밤/바람의 소리는 들어왔지만/바람의 첫 언어를 듣습니다"라고 한다. 바람 소리는 누구나 들을 수 있으나, '바람의 언어'를 듣고 대화하는 것은 시인만이 할 수 있다. 바람은 시인에게 "네 인생도 이젠 가을 산을 닮았노라고" 말했다. 자연의 가을은 결실의 계절이다. 그래서 인간이 맺는 가을의 열매에 예술작품을 비유한 것이다.

소강석 시인은 "아직 가을이 문턱에 서 있는데/벌써 산속에선 단풍을 만드는 소리가 들려오고/그 바람의 언어에 동글동글 여문/밤알들이 톡톡 떨어지고 있습니다"라고 한다. 그의 인생의 계절은 '가을의 문턱'에 들어선 초가을이지만, 그의 상상력은 "밤알들이 톡톡 떨어지고 있습니다"라고 늦가을을 예감한다.

그리고 "또 다시 바람의 언어는 꿈을 꾸는 밤알들에게만/내년 봄 밤나무의 새싹으로 태동하게 할 것입니다"라고 한다. 여기서 '바람의 언어'는 곧 '하나님의 말씀'이다. 목사로서 "나는 오늘 밤에야 바람의 언어를 들었습니다"라고 고백한 것은, 영혼의 잠을 깨워 거듭나게 하는 '하나님의 말씀'이 언제나 '오늘 밤' 처음 듣는 것처럼 새로운 것이기 때문이다. 또한 그 말씀은 "떨어지는 밤알과 바람에 굴러가는 마른 잎새들/모두가 나의 삶입니다"로 거듭난다. 목사 시인으로서 당연한 가을의 결실이라고 할 수 있다.

목사 시인은 죽음을 예감하는 "겨울이 오면 나는 다시 바람의 언어를 듣겠습니다/삶과 죽음이 악수하는 계절에/다시 바람의 새 언어를 듣고/저 산 너머 새로운 영토에서/다시 태어나는 꿈을 꾸겠습니다."로 시를 마무리한다. 초가을에 늦가을과 "삶과 죽음이 악수하는 계절"인 겨울까지 예감하는 이 장면에 이르러 독자들은 비로소 '바람의 언어'가 '하나님의 말씀'을 비유한 이미지임을 확인할 수 있다.

4. 나오는 말

현대사회는 지옥행 급행열차이다. 이 지옥행 급행열차의 기관사는 틀림없이 마귀(魔鬼)일 것이다. 마귀는 사탄이라고도 하며, 구약성경에서 바알이란 이름으로 등장한다.

출애굽한 이스라엘 민족을 유혹한 것이 바알이었다. 바알은 다산과 풍요를 주관하는 가나안의 신이나 지방 신을 가리키는 말인데, 주인, 소유주, 남편을 뜻하기도 했다. 바다를 가르고 출애굽한 이스라엘 민족은 황금송아지를 만들어 모시고, 그 앞에서 음주가무와 난교까지 벌이며 물신(物神) 바알에게 제사했다. 오늘날 물질적 풍요를 누리며, 영적으로 황폐한 인간 영혼들과 다를 바 없는 모습이다.

황폐한 인간 영혼을 두고 T. S. 엘리엇은 '황무지'로 비유했고, 소강석 시인은 '사막'으로 비유하며 '사막으로 간 꽃밭 여행자'를 자처하고 나섰다. 풀 한 포기 없는 모래 속에 숨은 전갈과 독사들이 인간의 생명을 노리는 사막에 꽃밭을 가꾸겠다는 믿음이 아름답다. 시인의 상상력으로만 가능한 일이다. 시로써 영혼의 잠을 깨우고, 잠 깬 영혼들이 가무(歌舞)의 즐거움으로 날아오른다면 이것이야말로 영혼구원의 완성일 것이다.

예로부터 시, 가, 무(詩, 歌, 舞)는 셋이 아닌 하나라고 했다. 그래서인지 소강석 시인은 우리나라의 대표적 가수인 남진, 조용필, 이선희의 이미지를 형상화한 시도 썼다.

인간의 황폐한 영혼구원에만 열정을 바치는 소강석 목사 시인께 경의를 표하며 시집의 평설을 마치고자 한다.

사막으로 간 꽃밭 여행자

1판 1쇄 인쇄 2019년 4월 20일
1판 1쇄 발행 2019년 4월 25일

지은이 소강석
펴낸이 김성구

책임편집 홍희정
단행본부 류현수 고혁 현미나
디자인 한아름 문인순
제 작 신태섭
마케팅 최윤호 나길훈 유지혜 김영욱
관 리 노신영

펴낸곳 (주)샘터사
등 록 2001년 10월 15일 제1-2923호
주 소 서울시 종로구 창경궁로35길 26 2층 (03076)
전 화 02-763-8965(단행본부) 02-763-8966(마케팅부)
팩 스 02-3672-1873 **이메일** book@isamtoh.com **홈페이지** www.isamtoh.com

ISBN 978-89-464-2103-5 03810

이 도서의 국립중앙도서관 출판시도서목록(CIP)은 e-CIP 홈페이지
(http://www.nl.go.kr/cip.php)에서 이용하실 수 있습니다. (CIP제어번호: CIP2019014424)

값은 뒤표지에 있습니다.
잘못 만들어진 책은 구입처에서 교환해드립니다.